Aristotle and Dante
Discover the Secrets
of the Universe

那些與初戀有關的祕密

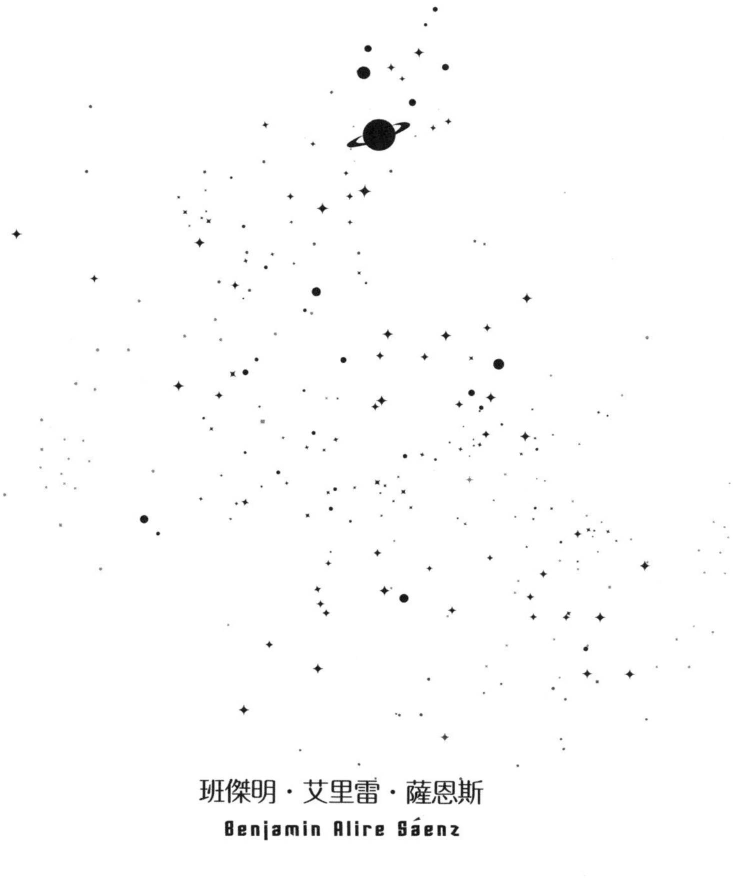

班傑明・艾里雷・薩恩斯
Benjamin Alire Sáenz

致那些不得不學習
不同規則的男孩們

作者筆記

這是一部歷史小說作品，背景設定在一九八〇年代後期，位於美國和墨西哥邊境的德州艾爾帕索。人物的想法、對話和行為，都反映了他們所處的時代和他們周圍的世界。

親愛的讀者們，我希望你們生活在比亞里和但丁更包容、更開明的時代。

——班傑明・艾里雷・薩恩斯

鳴謝

我對這本書本來有點猶豫。事實上，在我完成第一章左右之後，我差點就決定放棄書稿了。但我很幸運，身邊有一群忠誠、勇敢、有才華和聰明的人，不斷激勵我完成自己所開始的工作。沒有他們，我就不會寫成這本書。

所以以下的名單，只是我要感謝的一小部分人，而不是完整的名單：佩蒂・穆斯伯格（Patty Moosebrugger），偉大的經紀人兼好朋友。

感謝丹尼爾和莎夏・查肯（Daniel and Sasha Chacon），對我抱有無限的善意，也相信我必須把這本書寫出來。

獻給一直陪在我身邊的赫克托（Hector）、安妮（Annie）、金妮（Ginny）和芭芭拉（Barbara）。我的編輯大衛・蓋爾（David Gale）相信這本書和出版社 Simon & Schuster 的整個團隊，尤其是納瓦・沃夫（Navah Wolfe）。我在創意寫作系的同事們，各位的作品和慷慨，不斷地挑戰我成為一個更好的作家和更好的人。最後，我要感謝我過去和現在的學生們，他們提醒著我，語言和寫作永遠都會很重要。我對你們所有人獻上感謝。

我們為什麼微笑？我們為什麼放聲大笑？我們為什麼感到孤獨？

我們為什麼難過而困惑？我們為什麼要讀詩？我們為什麼在戀愛時，會覺得內心充滿了激動？我們為什麼會感到羞恥？在我們心底深處，那個名為慾望的東西，究竟是什麼？

夏天的另一種規則

我人生中最大的問題就是，我一直按照別人的點子過日子。

第一章

某個夏天的夜晚，我睡著時，一邊祈禱著，當我醒來時，世界就會變成另一個樣子。隔天早上，我睜開眼，發現世界還是一樣。我推開被單，躺在床上，任由熱氣從我打開的窗戶流瀉進來。

我伸出手，扭開了收音機。電臺正在播放一首名為〈孤獨〉的歌。〈孤獨〉是一個名叫心之合唱團（Heart）所唱的歌。不是我最喜歡的一首。也不是我最喜歡的團體。「你不知道有多久……」

我十五歲。

我很無聊。

我很悲慘。

從我的角度來說，太陽就算把天空中的藍色都融化也無所謂。這樣天空就會跟我一樣悲慘了。

電臺DJ說著煩人又無聊的事實：「現在是夏天啦！外面好熱啊！」然後他便播放起那首復古的《獨行俠》（Lone Ranger）音樂，他每天早上都播同一首，因為他覺得這是喚醒全世界的好方法。「嗨呀，銀駒！」這傢伙是誰請來的啊？他快要逼瘋我了。我想，當我們聽著威廉・泰爾序曲（William Tell Overture）的時候，我們就應該要幻想著獨行俠和湯頭騎著馬穿越沙漠的樣子吧。也許該有人告訴這傢伙，我們已經不是十歲小孩了。「嗨呀，銀駒！」爛透了。DJ的聲音再度透過聲波傳來：「醒醒，艾爾帕索！現在是一九八七年六月十五日，星期一！一九八七年耶，你們敢相信嗎？也送給威倫・詹寧斯（Waylon Jennings）一個大大的『生日快樂』，他今天滿五十歲啦！」

威倫・詹寧斯？這是個搖滾電臺耶，要命！但他接著就說了別的話，顯示出他似乎還有點腦子。他說了個故事，描述威倫・詹寧斯如何從一九五九年的墜機事件中逃過一劫，也就是那場殺死了巴迪・霍利（Buddy Holly）和瑞奇・瓦倫斯（Richie Valens）的空難。為此，他播了一首由羅斯・羅波斯（Los Lobos）演唱的重製版〈啦吧吧〉（La Bamba）。

「啦吧吧。」這我還能接受。

我用赤腳在木地板上打著拍子。我一邊隨著音樂搖頭晃腦，一邊開始思考，在飛機墜落於那片無赦之地前，瑞奇・瓦倫斯在想些什麼。**嘿，老兄！音樂結束了**。

因為音樂很快就會結束了。因為音樂才剛開始就會結束了。這真的很令人難過。

第二章

我走進廚房。我媽正在準備午餐，她的天主教姊妹們等一下會來家裡聚會。我用玻璃杯裝了一杯柳橙汁。

我媽對我露出微笑。「你要跟我說早安嗎？」

「我在考慮。」我說。

「嗯，至少你把自己拖下床了。」

「我也考慮了很久。」

「男生到底為什麼都這麼愛睡覺？」

「因為我們很擅長。」這使她笑了起來。「總之，我也不是在睡覺。我在聽〈啦吧吧〉。」

「瑞奇・瓦倫斯。」她幾近耳語地說：「真難過。」

「就跟妳的佩西・克萊恩（Parsy Cline）一樣。」

她點點頭。有時候我會發現她在唱那首〈瘋狂〉（Crazy），而我會露出微笑。她也會微笑。好像我們兩人有個共同的祕密似的。我媽的歌聲很好聽。「墜機啊。」

我母親低語道。我想她更像是在跟自己說話，而不是跟我。

「也許瑞奇・瓦倫斯死得太早了——但他至少有點成就。我是說，**他的成就真的很棒**。我呢？我又做了什麼？」

「你還有時間。」她說：「很多時間。」她真是永遠的樂天派。

「嗯，但你得先成為人吧。」我說。

她用奇怪的表情看了我一眼。

「我十五歲。」

「我知道你幾歲。」

「十五歲還不能算是人。」

我媽笑了起來。她是個高中老師。我知道她認同我一半的說法。

「所以這個聚會是要幹麼？」

「我們要籌辦一個食物銀行。」

「食物銀行？」

「大家都該有食物吃。」

我媽對窮人有著特別的關愛。她也曾經窮過。她對饑餓的理解，是我永遠也不會懂的。

「對。」我說：「應該吧。」

「你也許可以幫我們一點忙？」

「當然。」我說。我討厭被別人推去幫忙。我人生中最大的問題就是，我一直按照別人的點子過日子。

「你今天要做什麼？」這聽起來像是個挑戰。

「我要加入幫派。」

「這不好笑。」

「我是墨西哥人。我們不是專做這種事嗎？」

「**不**好笑。」

「不好笑。」我說。好吧，不好笑。

我有股衝動，想要離開家門。但我也沒別的地方可去。

我媽的天主教姊妹們來家裡時，我都覺得自己快要窒息了。她朋友們都年過五十，但那不是主要問題——真的不是。甚至不是因為她們總愛說我就要在她們面前轉大人了。我是說，我知道屁話聽起來是什麼樣子。而她們就算在說屁話，那也是友善、無害、而且親切的那種。我可以應付她們抓著我的肩膀，對我說：「讓我看看你。讓我看看。喔，多麼英俊的男孩。你長得和爸爸一樣（Dejame ver. Ay que muchacho tan guapo. Te pareces a tu papa）。」又沒什麼好看的。我就是我。對，對，我看起來和我爸很像。我不覺得這是什麼好事。

但真正讓我煩到不行的是，就連我媽的朋友都比我多。這也太可憐了吧？我決定要去紀念公園的泳池游泳。這是個小小的點子。但至少這是我的。我往門口走去時，我媽拿起我掛在肩上的毛巾，換了一條比較好的。我媽的世界裡有一個特定的毛巾規則，但我就是不懂。但她的規則不僅限於毛巾而已。

她看了我的T恤一眼。

我知道她眼中帶著不認同。但在她叫我換衣服之前，我就還了她一個眼神。「這是我最喜歡的T恤。」

「你昨天不是才穿過嗎？」

「對。」我說：「這是卡洛斯．山塔納（Carlos Santana）。」

「我知道那是誰。」她說。

「這是爸送我的生日禮物。」

「就我所知，你收到你爸的禮物時，看起來可沒那麼喜歡。」

「我本來想要的是別的東西。」

「別的東西？」

「我不知道。就別的東西。生日禮物只有一件T恤？」我看著我媽。「我想我就是不懂他吧。」

「他沒有那麼難懂，亞里。」

「他都不說話。」

「有時候人們說的話，也不一定都是實話。」

「我猜是吧。」我說：「不管如何，我現在就是很喜歡這件T恤了。」

「我看得出來。」她露出微笑。

我也笑了。「爸在他第一次去看演唱會的時候買的。」

「我也有去。我記得。這件衣服已經又舊又破了。」

「我多愁善感啊。」

「當然了。」

「媽，現在是夏天耶。」

「對。」她說：「是夏天沒錯。」

「有另一種規則啊。」我說。

「另一種規則。」她重複道。

我喜歡夏天的另一種規則。我媽都會容忍我。

她伸出手，用手指梳了梳我的頭髮。「你要保證你明天不會再穿了。」

「好。」我說：「我保證。但妳要保證不會把它丟進烘乾機裡。」

「那我可能要叫你自己洗。」她對我微笑。「不要溺水囉。」

我回給她一個微笑。「如果我溺水了，不要把我的狗送走。」

狗的事情是個玩笑。我們家沒有養狗。

媽懂我的幽默感。我也懂她的。我們這樣一來一往得很順暢。但她自己也是個謎。我**完全可以理解**一件事——我懂我爸為什麼會愛上她，但我卻完全不能理解她為什麼會愛上我爸。有一次，大概在我六、七歲的時候，我真的很生我爸的氣，因為我想要他陪我玩，但他卻看起來好抽離，好像我根本不存在似的。我帶著孩童的憤怒問我媽：「妳為什麼要跟那個傢伙結婚啊？」

她微笑著，用手梳了梳我的頭髮。她總是喜歡這樣做。她直直看著我的雙眼，平靜地說：「你爸以前長得很美啊。」她甚至想都沒想。

我想問她，那所有的美都上哪去了。

第三章

我走入炎炎夏日，連蜥蜴都知道不要在這大熱天出來亂爬。就連鳥兒都很低調。街道上的柏油補丁都融化了。天空的藍十分蒼白，我突然想到，也許所有人都逃出這座城、遠離它的熱氣了。又或者所有人都死光了，就像在科幻電影裡那樣，而我是這地球上僅存的男孩。但就在這念頭從我腦中劃過時，我們家附近的一群男孩就踩著腳踏車從我身邊經過，讓我希望我**真的**是這世界上僅存的男孩。他們大笑著、胡鬧著，看起來玩得很開心。其中一個人對著我大叫：「嘿，曼杜沙！你跟你的朋友出去玩嗎？」

我揮揮手，假裝我很有肚量，**哈哈哈**。然後我對他們比了個中指。

其中一個人停了下來，調轉車頭，開始用腳踏車繞著我轉。「你想要再試一次嗎？」他說。

我再度比了個中指。

他在我面前停下車，試著用眼神逼退我。

但沒有用的。我知道他是誰。他哥哥賈維爾曾經也試著找我碴。我揍了那傢伙。我們勢不兩立。我一點都不覺得抱歉。對，嗯，我脾氣不好。我承認。

他裝出凶狠的聲音。好像我會怕似的。「別跟我鬥，曼杜沙。」

我再度對他比出中指，並指著他的臉，像是一把槍那樣。他只是跨上腳踏車，騎走了。我害怕的東西很多——但我不怕他那種傢伙。

大部分的人都不會來招惹我。就連那些成群結隊的傢伙也不會。他們再一次騎車從我身邊晃過，大吼大叫著。他們都才十三或十四歲，招惹我這種人對他們來說只是遊戲而已。他們的聲音逐漸消失後，我就開始自怨自艾了。

自怨自艾是一門藝術。我想，某部分的我就喜歡這麼做。也許這和我的出生順位有關。你知道，我真的覺得這也是問題之一。我不喜歡我是個假獨生子的感覺。我不知道還能怎麼看到我自己。我是獨生子，但又不真的是獨生子。這感覺糟透了。

我的雙胞胎姊姊們比我大了十二歲。十二年簡直就是一輩子。她們總是讓我覺得是個嬰兒，或是玩具，或是個任務，或是隻寵物。我真的很喜歡狗，但有時候我覺得我根本就只是家族的吉祥物（Mascot）。這個詞在西班牙文裡，是家裡養的寵物狗。寵物狗。吉祥物。幹得好啊。家族吉祥物亞里。

我哥哥則比我大十一歲。他比我姊姊們還要難親近。我甚至連他的名字都不想提。誰喜歡講他們在監獄裡服刑的哥哥啊？至少我爸媽不喜歡，我很確定。我姊也不喜歡。也許他們不提我哥的態度，也對我造成了某些影響。我想是吧。什麼都不提，也會使人感到很寂寞。

我姊和我哥出生的時候，我爸媽還很年輕，也還在掙扎。「掙扎」是我爸媽最愛的詞。三個小孩出生、又想辦法讀完大學後，我爸便加入了海軍。然後他就去打仗了。

戰爭改變了他。

他回家時，我已經出生了。

有時候我會想，我爸身上背了好多傷疤。在他的心上。在他的腦子裡。到處都是。要當一個上過戰場的男人的兒子，並不是件容易的事。我八歲時，曾偷聽到我媽和我阿姨奧菲莉亞在講電話。「我覺得對他來說，戰爭永遠都不會結束了。」後來我問奧菲莉亞阿姨，那是不是真的。「對。」她說：「是真的。」

「但為什麼戰爭就不能放過我爸爸？」

「因為你爸爸有良心。」她說。

「他在戰爭的時候發生什麼事？」

「沒有人知道。」

「他為什麼不說？」

「因為他沒辦法。」

所以就這樣了。

我八歲的時候，對戰爭一無所知。
我只知道，有時候爸爸很難過。
我討厭他難過。
這也讓我很難過。
我不喜歡難過。
所以我的爸爸內心住著一塊越南。
對，我有無數種悲劇的理由能自怨自艾。
而身為十五歲的少年一點幫助也沒有。
有時候，我覺得十五歲是最糟糕的悲劇。

第四章

抵達泳池時，我得先沖個澡。這是其中一個規則。對，規則。我討厭和其他男生一起沖澡。不知道，我就是不喜歡。你知道，有些人就是愛聊天，好像一大堆男生一起洗澡，聊著你討厭的老師，或是你上一次看的電影，或是你想要一起鬼混的女孩，是一件稀鬆平常的事。但我不喜歡。我沒有事情可以說。男生們一起沖澡。不是我的嗜好。

我走到池邊，坐在淺水的那一側，把腳放進水裡。

如果你不會游泳，你去泳池要做什麼呢？學吧。我猜這就是答案了。我是有想辦法學會讓身體怎麼漂浮在水面上。不知怎麼地，我誤打誤撞學會了一些物理的原則。而整件事最棒的部分是，我完全是靠自己發掘的。

靠自己。我超愛這個詞。我不太擅長尋求幫助，這是遺傳自我爸的壞習慣。而且無論如何，那些在泳池旁邊自稱救生員的游泳指導員也爛透了。他們對瘦巴巴的十五歲小混蛋沒什麼興趣，也不想教我游泳。他們對突然長出胸部的女孩子比較有興趣。他們超愛胸部。這是真的。我聽見其中一個救生員跟另一個救生員這麼說的，他們明明應該要盯著一群小小孩才對。「女生就像是長滿葉子的樹。我就只想要爬上去把葉子都拔光。」

另一個人笑了起來。「你真是個垃圾。」

「才不是，我是詩人。」他說：「身體的詩人。」

然後他們放聲大笑。

對啦，當然，他們都是剛嶄露頭角的華特・惠特曼（Walt Whitman）。你看，我不是特別喜歡和這些人待在一起。我的意思是，男生真的讓我都很不舒服。我不知道為什麼，也不完全是這樣。我只是——我也不知道——我就是不屬於那個群體。而且光是想到我有那麼一點可能性，長大會變成這種混蛋，使我感到憂鬱不已。**女生像樹一樣？**對啦，那男生就像是長滿寄生蟲的腐木。我媽一定會說他們只是在某個階段裡而已，他們很快就會長回腦子了。他們當然會了。

也許人生就只是一個又一個的階段而已——一個接著一個接著一個。也許再過幾年後，我也會和那些十八歲的救生員一樣，經歷同樣的階段。不過我也不完全相信我媽的階段理論。這聽起來不像個合理的解釋——比較像是藉口。我不覺得我媽懂男生。我也不懂。而我是個男生。

我一直覺得我有哪裡不對勁。我想我對我自己而言也是個謎。這爛透了。我真的有很嚴重的問題。

但有一件事很確定：我不可能要那兩個白痴來教我游泳。我寧可一個人坐在這裡悲慘。我寧可溺水。

所以我只是一個人泡在水裡，讓自己漂浮著。我也不覺得好玩。

然後我就聽見了他有點尖銳的聲音。「我可以教你游泳。」

我移動到泳池邊緣，在水裡站起身，並在陽光下瞇起眼。他坐在泳池邊。我懷疑地看著他。如果一個男生主動提議要教我游泳，那他的人生一定很無聊。兩個無聊的男生湊在一起？那有什麼樂趣可言？

我有個規則，那就是寧可一個人無聊，也不要和別人一起無聊。我基本上是靠這條規則在過活的。也許這就是我沒有朋友的原因。

他看著我，等待著。然後他又問了一次。「我可以教你游泳，如果你想的話啦。」

我有點喜歡他的聲音。他聽起來好像感冒了，你知道，好像他快要沒有聲音了一樣。「你的聲音很奇怪。」我說。

「我過敏。」他說。

「你對什麼過敏？」

「空氣。」他說。

我笑了起來。

「我叫但丁。」他說。

這使我笑得更用力了。「對不起。」我說。

「沒關係。大家都會取笑我的名字。」

「不是，不是。」我說：「你看，我的名字叫亞里斯多德。」

他的眼睛一亮。我的意思是，這傢伙仔細聽著我的每一個字。

「亞里斯多德。」我重複道。

然後我們兩個就有點發瘋了，狂笑不止。

「我爸是個英文教授。」他說。

「至少你還有藉口。我爸是個郵差。亞里斯多德是我爺爺名字的英文版。」然後我用非常正式的墨西哥口音講了我爺爺的名字：「**亞里斯多德**。而真正的名字叫安傑（Angel，天使之意）。」然後我又用西班牙文說了一次：「**安傑**。」

「你的名字是天使・亞里斯多德？」

「對，這是我的本名。」

我們又笑了。我們笑得停不下來。我不知道我們究竟在笑什麼。只是因為我們的名字嗎？還是因為我們都鬆了一口氣？我們快樂嗎？笑聲是人生的另一個謎團。

「我以前都跟別人說我的名字叫小但。你知道，我只是放棄了一個字而已。但是我後來就不這樣做了。這樣不誠實。而且反正最後都會被人發現。然後我就會覺得自己是個騙子、又是個白痴。我因為以自己為恥而以自己為恥。我不喜歡這個感覺。」他聳聳肩。

「大家都叫我亞里。」我說。

「很高興認識你，亞里。」

我喜歡他說**「很高興認識你，亞里」**的方式。好像他是認真的。

「好吧。」我說：「教我游泳。」我說這句話的方式，讓我感覺彷彿我才是幫他忙的人。他要不就是沒有注意到，要不就是不在乎。

但丁是個非常鉅細靡遺的老師。他真的會游泳，他懂手臂和腿的每一個動作、懂呼吸，也懂身體在水裡要怎麼運作。他愛水，也尊重水。他懂它的美好和危險。他談論游泳的樣子，好像那是一種生活方式似的。他也十五歲。這傢伙是誰？他看起來有點脆弱——但他並不脆弱。他很有紀律、很強悍、充滿知識，而且他不會裝笨、也不會假裝平凡。他以上皆非。

他很有趣、充滿專注力，而且凶猛。我的意思是，他可以很凶猛，而且他一點都不刻薄。我不懂你為什麼能活在一個刻薄的世界、卻完全不沾染那股刻薄之氣。一個人如果沒有一點刻薄的成分，要怎麼生存下去？

但丁成為了充滿謎團的宇宙中的其中一個謎團。

那個夏天，我們一起游泳、一起看漫畫、一起看書，然後爭執書的內容。但丁有全套舊《超人》漫畫，是他爸爸給他的。他很愛那些漫畫。他也愛《阿奇漫畫》

（Archie and Veronica），而我討厭那套垃圾。「那才不是垃圾。」他說。

我則喜歡蝙蝠俠、蜘蛛人，還有綠巨人浩克。

「太黑暗了。」但丁說。

「喜歡康拉德（Conard）的《黑暗之心》（Heart of Darkness）的人，還敢這樣說啊。」

「那不一樣。」他說：「康拉德寫的是文學。」

我總是說漫畫也是文學的一種。但對但丁這樣的人來說，文學是非常嚴肅的事。我不記得自己有吵贏過他。他比我更會辯論，他也比我更會閱讀。我因為他的關係而看了康拉德的書。我看完時，我說我討厭那本書。「只是。」我說：「它說的是真的。世界是個黑暗的地方。康拉德說得對。」

「也許你的世界是，亞里，但我的不是。」

「對啦，對啦。」我說。

「對啊，對啊。」他說。

事實是，我對他說謊了。我愛那本書。我覺得那是我讀過最優美的東西。我爸發現我在讀書時，他告訴我那是他最愛的書之一。我想要問他，他是在越戰**之前**還是**之後**讀的。但問我爸爸問題沒有意義。他從來不回答。

我覺得但丁閱讀是因為他喜歡閱讀。而我呢，我閱讀是因為我沒有別的事好做。他會分析。我只是讀過而已。我覺得我查字典的次數要比他多很多。

我比他黑了一點。而我指的不只是膚色而已。他說他覺得我對人生有悲劇性的看法。「所以你才會喜歡蜘蛛人。」

「我只是更像墨西哥人。」我說：「墨西哥人是悲劇的人種。」

「可能吧。」他說。

「你是樂天派的美國人。」

「這是侮辱嗎？」

「也許是吧。」我說。

我們笑了起來。我們總是在笑。

但丁和我，我們一點也不像。但我們確實有一些共通點。例如，我們兩人都不能在白天看電視。我們的父母不喜歡電視對小孩的心靈造成的影響。我們成長的過程中，總是有類似這場的教誨：**你是男生耶！出去玩啊，做點什麼啊！外面有一整個世界在等著你……**

但丁和我是全美國僅存的兩個沒有看電視長大的男孩。有一天他問我：「你覺得我們的爸媽說得對嗎？真的有一整個世界在等著我們嗎？」

「我很懷疑。」我說。

他笑了起來。

然後我突然想到了。「我們去搭公車，看看其他地方吧。」

但丁微笑起來。我們愛上了搭著公車遊蕩。有時候我們整個下午都會坐在公車上。我告訴但丁：「有錢人不會搭公車。」

「所以我們才喜歡啊。」

「也許吧。」我說：「我們窮嗎？」

「不。」然後他微笑。「如果我們逃家的話，我們就會變得很窮了。」

我覺得他這麼說很有趣。

「你會嗎？」我說：「逃家？」

「不會。」

「為什麼？」

「你想聽我說一個祕密嗎？」

「當然。」

「我為我爸媽瘋狂。」

這真的讓我露出微笑。我從來沒有聽過別人這樣說自己的父母。我的意思是，沒有人會這麼愛自己的父母。除了但丁。

然後他在我耳邊低語。「坐在我們前面兩個座位的那個女士。我覺得她有外遇。」

「你怎麼知道？」我低語。

「她一上車就把婚戒拿掉了。」

我點點頭，微笑起來。

我們繼續捏造其他公車乘客的故事。

誰知道呢？也許**他們**也會說**我們**的故事。

我和其他人從來不算親近。我通常都是獨來獨往。我打過籃球、棒球、參加過幼童軍，也嘗試過童軍——但我總是和其他男孩保持距離。我從來不覺得自己和他們屬於同一個世界。

男孩們。我觀察他們。研究他們。

最後，我並不覺得我身邊的男孩們有何有趣之處。事實上，我只覺得他們噁心。也許我是有點優越感，但我並不覺得自己優越。我只是不懂要怎麼和他們說話，如何在他們身邊保持自我。和其他男孩待在一起，並不會讓我覺得自己比較聰明。和其他男孩待在一起，只使我覺得愚蠢又不對勁。好像他們屬於某一個俱樂部，而我卻不是其中一分子。

當我年紀大到可以參加童軍團時，我告訴爸爸，我不想參加。我受不了了。

「試一年看看。」爸爸說。我爸知道我有時候喜歡打架。他總是會教育我肢體暴力的事。他試著讓我遠離學校裡的幫派。他試著保護我不要變得像我哥哥一樣，最後被關進監獄。所以，就因為我哥哥，就因為一個甚至不存在的哥哥，我就得乖乖當個童軍。這爛透了。為什麼因為我有個壞哥哥，我就得當乖寶寶？我討厭我爸媽做家庭算數的方式。

我聽了我爸的話。我試了一年。我討厭童軍——不過我確實學會怎麼做心肺復甦術。我是說，我完全不喜歡對著別人嘴裡吐氣的部分。那部分讓我有點嚇壞了。但不知道為什麼，心肺復甦術的過程使我著迷不已，因為它能使一顆心臟再度開始跳動。我不懂這其中的科學。但等我拿到學會怎麼讓人復活的動章後，我就退出了。回家後，我把動章給了我爸爸。

「我覺得你做錯了。」我爸只說了這句話。

我不會被關的。我想要這麼說。但我最後只是胡說八道了一句。「如果你逼我回去，我發誓，我就會開始吸大麻。」

我爸用奇怪的目光看了我一眼。「這是你的人生。」他說。好像這是真的一樣。這是我爸的另一個特質：他不會說教。至少不是真的說教。這讓我煩躁不已。他不是個壞人，他的脾氣也不差，但他只會說短短的句子：「這是你的人生。」、「試試看吧。」、「你確定要這麼做嗎？」他為什麼就不會說話？他如果不給我機會，我要怎麼了解他？我討厭這樣。

我和人相處得還可以。我也有學校的朋友。算是吧。我不是那種風雲人物。我怎麼可能呢？想要當風雲人物，你就得讓大家相信你好玩又有趣。我只是沒那麼會唬人而已。

有幾個人和我相處得還不錯，例如高梅茲家的兩個兄弟，但他們搬走了。也有幾個女孩和我滿好的，吉娜・納瓦洛和蘇西・博德，兩人都把折磨我當成嗜好。女孩們。她們也是個謎團。所有的東西都是謎團。

我想我過得也不算差吧。也許不是所有人都愛我，但我也不是被所有人討厭的人。

我很擅長打架，所以人們不會來招惹我。

我幾乎是隱形人，我想我本來還滿喜歡那樣的。

直到但丁出現為止。

第五章

我的第四堂游泳課結束後，但丁邀請我去他家。他住的地方距離泳池不到一個街口，在公園對街的一間巨大的老房子裡。

他把我介紹給當英語教授的爸爸。我從來沒有遇過當英語教授的墨裔美國人，我甚至不知道這種人存在。而且說真的，他看起來不像是教授。他年輕又英俊，很隨和，而且一部分的他看起來還像是個孩子。他看起來像是熱愛活著的人。和我爸爸很不一樣，他總是和世界保持距離。我爸爸心中有一股黑暗，是我不能理解的。但丁的爸爸內心沒有黑暗存在，就連他的黑眼睛也似乎充滿著光芒。

那天下午，當我見到但丁的爸爸時，他正穿著牛仔褲和T恤，坐在辦公室的皮椅上，讀著一本書。我從來不知道有人真的會在家裡開一間辦公室。

但丁走到爸爸身邊，吻了吻他的臉頰。我永遠不可能這麼做的。不可能。

「你今天早上沒刮鬍子喔，爸。」

「現在是夏天。」他爸爸說。

「所以你不用工作。」

「所以我就必須把我的書寫完。」

「寫書不是工作。」

但丁的爸爸笑得好用力。「關於工作，你還有很多要學的。」

「現在是暑假，爸。我不想聽工作的事。」

「你從來就不想聽工作的事。」

但丁不喜歡這個對話的走向，所以他試著轉移話題。「你要開始蓄鬍了嗎？」

「沒有啦。」他笑了起來。「現在太熱了。而且如果我超過一天沒刮鬍子，你媽就不會親我了。」

「哇，她好嚴格。」

「對。」

「如果她沒親你的話，你會怎麼樣？」

他咧開嘴，然後抬眼看向我。「你怎麼會受得了這傢伙？你一定是亞里吧。」

「是的，先生。」我很緊張。我不習慣見任何人的家長。我這輩子所見過的家長大多沒興趣跟我說話。

他從椅子上站了起來，把書放下。他走向我，和我握了握手。「我是山姆。」他說：「山姆・昆塔納。」

「很高興認識你，昆塔納先生。」

我聽過這句話無限多次了，很高興認識你。但丁這麼對我說時，他聽起來很真實。但我自己這麼說的時候，我卻覺得愚蠢又造作。我想要找地方躲起來。

「你可以叫我山姆。」他說。

「不行啦。」我說。天啊，我想要找地方躲起來。

他點點頭。「真貼心。」他說：「而且很尊重。」

我爸從來沒有說過「貼心」這個詞。

他看了但丁一眼。「這個年輕人還知道要尊重別人。也許你可以從他身上學點東西，但丁。」

「你是說，你想要我叫你昆塔納先生嗎？」

他們很努力憋笑了。他把注意力轉向我。「游泳游得怎麼樣？」

「但丁是個好老師。」我說。

「但丁會做很多事，但他不是很會打掃房間。打掃房間跟『工作』一詞太接近了。」

但丁瞥了他一眼。「這是個暗示嗎？」

「你反應很快，但丁。一定是遺傳自你媽吧。」

「別要白痴了，爸。」

「你剛才說什麼？」

「那個詞冒犯到你了嗎？」

「不是那個詞的問題。也許你的態度喔。」

但丁翻了個白眼，然後坐在他爸爸的椅子上。他脫下自己的網球鞋。

「不要坐得太舒服了。」他指出。「樓上有個豬圈寫著你的名字呢。」

我微笑起來。他們相處的方式，他們對話時那種輕鬆而充滿愛的方式，好像父子之間的愛是那麼簡單、那麼不複雜。我媽和我之間，有時候也有這麼簡單、這麼不複雜的相處。有時候。但我和我爸，就沒有這種關係了。我不知道，走進房間裡親吻我爸會是什麼感覺？

我們爬上樓，但丁讓我看他的房間。房間很大，天花板很高，地板鋪著木頭，有許多老窗戶可以讓陽光灑入。到處都是東西。衣服散落在地面上，旁邊有一疊舊唱片，書本到處都是，以及許多寫字板，上面寫滿了東西。還有拍立得照片、幾臺相機、一把沒有琴弦的吉他、樂譜，還有一個貼滿筆記和照片的布告欄。

他播起音樂。他有一臺唱片播放機。一臺六〇年代保留下來的唱片機。「這是我媽媽的。」他說：「她本來打算要丟了。你敢相信嗎？」他放起《艾比路》（Abbey Road），這是他最喜歡的專輯。「黑膠。」他說：「真的黑膠。不是那種卡帶式的垃圾。」

「卡帶有什麼問題？」

「我不信任它。」

我覺得他這麼說很奇怪。好笑又奇怪。「唱片很容易刮傷。」

「如果你好好保存就不會。」

我打量著他雜亂無章的房間。「我看得出來，你真的很會保存東西。」

他沒有生氣。他笑了。

他遞給我一本書。「喏。」他說：「我打掃房間的時候，你可以看書。」

「也許我該，你知道，讓你——」我停下來，眼神在他亂七八糟的房裡搜尋。

「這裡有點可怕。」

他微笑。「別走。」他說：「留下來。我討厭整理房間。」

「如果你沒有那麼多東西，就不用整理了。」

「這就只是東西而已。」他說。

我什麼也沒說。我什麼東西都沒有。

「如果你留下來，整理房間這件事就不會那麼糟了。」

不知道為什麼，我覺得自己不屬於這裡——但是——「好吧。」我說：「我要幫忙嗎？」

「不了，這是我的工作。」他帶著有點沮喪的口氣說：「我媽會說：『這是你的責任，但丁。』我媽最愛的詞就是責任了。她覺得我爸逼我逼得不夠緊。當然了。我是說，不然她期待他怎麼做呢？我爸不會逼人做事。和他結婚的人是她耶。她不知道他是怎樣的人嗎？」

「你老是這樣分析你父母嗎？」

「他們也會分析我們，對吧？」

「那是他們的工作，但丁。」

「說得好像你不會分析你爸媽一樣。」

「我應該會吧。但沒帶給我什麼好處。我還沒有搞懂他們。」

「嗯，我的話，我是搞懂我爸了——但還不懂我媽。我媽是這世界上最大的謎團。我是說，在當父母的時候，她滿好預測的。但說真的，她深不可測。」

「深不可測。」我知道等我回家之後，我就要去查這個詞了。

但丁看著我，好像該輪到我說話了似的。

「我應該算是把我媽研究得很透徹了。」我說：「我爸的話，他也是深不可測。」用這個詞，使我覺得自己像是個仿冒品。也許這就是我的問題。我不是個真正的男孩，我是個仿冒品。

他遞給我一本詩集。「你看這個吧。」他說。我從來沒有讀過和詩有關的書，也不確定我要**怎麼**讀一本詩的書。我面無表情地看著他。

「詩集。」他說：「你死不了的。」

「萬一真的死了呢？一個男孩在讀詩集的時候無聊至死。」

他試著不要笑，但他控制不住從他身體裡冒出來的笑聲。他搖搖頭，開始收集地上所有的衣服。

他指著他的椅子。「你把上面的東西丟到地上，你就可以坐了。」

我拿起一疊藝術書籍還有一本素描簿，放在地上。「這是什麼。」

「素描簿。」

「我可以看嗎？」

他搖搖頭。「我不喜歡給別人看。」

真有趣——他也有祕密。

他指向那本詩集。「真的，你死不了的啦。」

整個下午，但丁都在打掃。而我讀著那本由一位名叫威廉・卡洛斯・威廉斯（William Carlos Williams）的詩人寫成的詩集。我從來沒有聽過他的名字，但我也從來沒有聽過別人的名字。而且我其實能理解某幾首詩，並不是全部——但有些可以。而且我並不討厭。這讓我很意外。這本詩集很有趣，不蠢、不傻、不傷感、也不過度聰明——跟我以為的詩作不一樣。有些詩比較好懂，有些則深不可測。我在想，也許我真的懂那個詞的意思。

我開始覺得，詩就像人一樣。有些人你會一拍即合。有些人你就是搞不懂——

而且永遠不會懂。

但丁如此系統性地整理房裡的東西，使我感到驚豔無比。我們剛進房間時，這裡還是一團混亂。但當他結束時，一切都物歸原位了。

但丁的世界是有規律的。

他把書全部放回書架和他的書桌上。「我會把我下一本要看的書放在桌上。」他說。一張書桌。一張真正的書桌。我需要寫字的時候，都是在廚房的餐桌上寫。

他從我手上拿走那本詩集，開始翻找起其中一首。那首詩名叫做〈死亡〉。他在剛整理好的房間裡看起來好完美，西下的陽光照入房內，他的臉在光線的照耀下，手中的那本書看起來像是天生就屬於那裡，屬於他的雙手，而且只屬於他。我喜歡他讀詩的聲音，好像那首詩就是他寫的一樣：

他死了
那隻狗再也不用
睡在馬鈴薯上
好防止它們結凍

他死了

那個老混蛋——

但丁讀到「混蛋」一詞時，露出了微笑。我知道他喜歡說這個字，因為這是個被禁止使用的字眼，在他家沒有容身之處的字眼。但在他的房間裡，他就可以讀出這個字，使它成為他的東西。

整個下午，我就坐在但丁房裡那張舒適的大椅子上，他則躺在他剛鋪好的床上。然後他讀著詩。

我並不擔心自己聽不懂，我也不在乎它們是什麼意思。我不在乎，因為重要的是，但丁的聲音聽起來很真實。**而我也感覺很真實**。在但丁出現之前，和別人相處對我來說是全世界最困難的事。但是但丁使說話、生活和感受都像再自然不過的事。在我的世界裡並不是這樣。

我回到家，並查了「深不可測」的意思。這代表某件事難以理解。我把同義詞全部寫在我的筆記裡。「晦澀」。「難以理解」。「如謎一般」。「不可思議」。

那天下午，我學會了兩個新詞。「深不可測」。還有「朋友」。

當這些字真正活在你體內時，它們就再也不同了。

第六章

一個逼近黃昏的午後，但丁來到我家，把自己介紹給我的父母認識。誰會做這種事啊？

「我是但丁．昆塔納。」他說。

「是他教我游泳的。」我說。不知道為什麼，但我就是覺得我得對我父母坦白。然後我看向我媽。「妳說不要溺水了——所以我就找人幫我完成承諾。」

我爸瞥了我媽一眼。我想他們是和彼此交換了一個微笑。**哎呀**，他們在想，**他終於交到朋友了**。我討厭這樣。

但丁和我爸握了握手——然後遞給他一本書。「我帶了一個禮物來。」他說。

我站在那裡，看著他。我在他家的茶几上看過那本書。那是一本藝術類書籍，裡面都是墨西哥畫家的畫作。他看起來好像大人，一點都不像十五歲的少年。不知道為什麼，就連那頭他不喜歡梳理的長髮，都使他看起來更像大人了。

我爸一邊研究著那本書，一邊微笑著——但他說：「但丁，你這麼做真的很大方——但我不知道我能不能收下這個禮物。」我爸小心翼翼地拿著書，深怕會毀了它。他和我媽交換了幾個眼神。我爸媽常常這樣。他們喜歡不用言語對話。每次看到他們交換眼神，我就會自己幻想他們在說什麼。

「這本書在講墨西哥藝術。」但丁說：「所以你**必須**收下。」我幾乎可以看見他的大腦運作著，思考怎麼樣讓自己說出的論點更有說服力。最有說服力的論點就是事實。「我父母不希望我空手來作客。」他非常認真地看向我爸。「所以你得收下。」

我媽把書從我爸手中接過。「這本書很漂亮。謝謝你，但丁。」

「妳該謝的人是我爸。這是他的點子。」

我爸露出微笑。這是過去不到一分鐘的時間裡，我爸第二次微笑了。這可不尋常。我爸沒有那麼愛笑。

「替我謝謝你爸爸好嗎，但丁？」

我爸拿起書，坐下了。好像它是某種寶物一樣。你看，我就是不懂我爸。我永遠也猜不到他對事物會有什麼反應。永遠都不行。

第七章

「你房間裡什麼都沒有。」

「有一張床、一個鬧鐘收音機、一張搖椅、一個書櫃、一些書。這樣不是什麼都沒有吧。」

「牆上什麼都沒有。」

「我把海報都拿掉了。」

「為什麼？」

「我不喜歡。」

「你跟修道士一樣。」

「對，亞里斯多德修士。」

「你沒有嗜好嗎？」

「當然有啊。盯著空白的牆看。」

「你以後可以當牧師。」

「你要先相信上帝才能當牧師。」

「你不相信上帝嗎？一點點都不信嗎？」

「也許有一點點吧，但不算非常信。」

「所以你是無神論者？」

「當然，天主教的無神論者。」

這使得但丁笑個不停。

「我不是為了搞笑才說的。」

「我知道。但這真的很好笑。」

「你覺得這樣很糟糕嗎——心存懷疑？」

「不，我覺得很聰明。」

「我不覺得我很聰明。跟你不一樣，但丁。」

「你很聰明，亞里。非常聰明。而且，聰明也不代表什麼。人們只會嘲笑你。我爸說別人嘲笑你也沒關係。你知道他怎麼跟我說的嗎？他說：『但丁，你是知識分子。不要以此為恥。』」

我注意到他的微笑有點哀傷。也許每個人都有點哀傷。也許吧。

「亞里，我在試著不要以此為恥。」

我知道羞恥是什麼感覺。只是但丁知道原因，但我不知道。

但丁。我很喜歡他。我真的、真的很喜歡他。

第八章

我看著我爸一頁翻過一頁。他顯然很愛那本書。而因為那本書，我開始對我父親有了新的認識。他在加入海軍之前，讀過藝術。這似乎不符合我對我爸的認識。但我喜歡這個想法。

一天晚上，他在看書時，他把我叫了過去。「你看這個。」他說：「這是奧羅斯科（Orozco）的壁畫。」

我瞪視著書本中的複製壁畫——但我對贊同地點著書本的那隻手指更感興趣。那隻手指曾在戰爭中扣過扳機。那隻手指曾經以我無法完全理解的方式，輕柔地碰觸過我媽。我想要說話、想要說些什麼、想要問問題。但我說不出口。所有的話都堵在喉頭。所以我只是點點頭。

我沒想過爸爸是會懂藝術的人。我想我只是把他當成一個海軍退役的軍人，從越南回來後就開始當郵差而已。他是一位海軍退役、話又不多的郵差。

一位海軍退役的郵差，從戰場上回來後發現自己又多了一個兒子。我也不覺得我出生是他的點子。我一直覺得想要我的人是我媽。我不知道我的人生是誰的點子。我腦子裡裝的東西實在太多了。

我可以問我爸很多問題的，本來可以的。但他的臉上和眼裡，還有他歪著嘴的微笑中，藏著一點什麼，使我問不出口。我想我只是不相信他想要我了解他。所以我只是搜集線索。看著我爸讀那本書，是我對他的另一條線索。有一天，這些線索會終於結合起來，我就可以解開爸爸這個謎團了。

第九章

有一天，游完泳後，但丁和我在附近散步。我們在便利商店停下腳步，他買了一罐可樂和一包花生。

我買了一條花生焦糖餅乾棒。

他讓我喝了一口他的可樂。

「我不喜歡可樂。」

「好奇怪。」

「為什麼？」

「大家都喜歡可樂。」

「那你喜歡什麼。」

「咖啡和茶。」

「好奇怪。」

「對，我很奇怪。閉嘴啦。」

他笑了起來。我們在附近閒晃。我想我們只是不想回家。我們閒聊著。愚蠢的話題。然後他問我：「為什麼墨西哥人都喜歡取暱稱？」

「我不知道。有嗎？」

「有，你知道我阿姨都叫我媽什麼嗎？她們都叫她笑笑（Chole）。」

「她的名字是不是叫喬麗黛（Soledad）？」

「你這樣懂了嗎，亞里？你也知道。你知道喬麗黛的暱稱叫什麼。這好像是什麼不成文的規定。這是什麼意思？為什麼她們就不能叫她喬麗黛？笑笑是怎樣？笑笑這個詞是從哪來的？」

「你為什麼這麼介意？」

「我不知道。就很奇怪啊。」

「這是你的每日一詞嗎？」

他笑了，吞下一把花生。「你媽有暱稱嗎？」

「莉莉，她的名字叫莉莉安娜（Liliana）。」

「是個好聽的名字。」

「喬麗黛也很好聽。」

「並沒有。誰會喜歡被叫做『孤寂』啊？（註1）」

註1 Soledad在西班牙文有「孤寂」之意。

「也可以是寂寞的意思啊。」我說。

「你看吧？多哀傷的名字。」

「我不覺得它很哀傷。我覺得它是個很美的名字。我覺得它很適合你媽媽。」

「也許吧。但是山姆，山姆就完美符合我爸。」

「對啊。」

「你爸叫什麼？」

「傑米（Jaime）。」

「我喜歡這個名字。」

「他的真名是聖地牙哥。」

但丁微笑。「你知道我說的暱稱是什麼意思了吧？」

「你是墨西哥人，這是不是讓你很困擾？」

「沒有。」

我看著他。

「對，我是有點困擾。」

我讓他吃了一點我的花生焦糖棒。

他咬了一口。「我不知道。」他說。

「對。」我說：「你是很困擾。」

「你知道我怎麼想的嗎，亞里？我覺得墨西哥人不喜歡我。」

「這樣說很奇怪。」我說。

「奇怪。」他說。

「奇怪。」我說。

第十章

某一個沒有月亮的晚上，但丁的爸媽帶我們到沙漠裡，讓我們用他的新望遠鏡。開車前進的途中，但丁和爸爸合唱著披頭四的歌——他們的歌聲都不怎麼好聽，但他們也不怎麼在乎。

他們的碰觸很多。一個喜歡碰人和親吻的家庭。每一次但丁走進家裡，他就會去吻爸媽的臉頰——他們也會吻他——好像這樣親來親去很普通似的。

如果我走到我爸身邊，然後親吻他的臉頰，不知道他會怎麼樣。他不會罵我。但是——我也不知道。

我們花了一點時間才駛進沙漠，昆塔納先生似乎知道最適合觀星的地點。一個遠離城市光線的地方。

光害。這是但丁的用詞。但丁似乎很了解光害。

昆塔納先生和但丁把望遠鏡架好。

我看著他們，一邊聽著收音機。

昆塔納太太給了我一瓶可樂。儘管我不喜歡可樂，我還是接了下來。

「但丁說你很聰明。」

稱讚都會讓我很緊張。「我不像但丁這麼聰明。」

然後我聽見但丁的聲音打斷了我們的對話。「我以為我們聊過這件事了，亞里。」

「什麼？」他媽媽說。

「沒什麼，我們只是說到，大部分的聰明人都是完美的垃圾。」

「但丁！」他媽媽說。

「對，媽，我知道。注意用詞。」

「你為什麼這麼喜歡說髒話，但丁？」

「好玩啊。」他說。

昆塔納先生笑了。「是很好玩。」他說，但接著他說：「這種樂趣只能在你媽不在的時候才發生。」

昆塔納太太不喜歡她先生的建議。「你在教他什麼啊，山姆？」

「喬麗黛，我覺得——」但他們的對話被但丁打斷了，他看著望遠鏡。「哇喔，爸！你看這個！你看！」

有很長一段時間，沒有人說話。

我們都想要看但丁看見的東西。

我們沉默地圍繞著但丁的望遠鏡，站在沙漠中央，輪流看著天空中的內容。當我用望遠鏡看天空時，但丁便開始解釋我看到的東西。我什麼都沒聽見。當我看著遼闊的宇宙，我體內有某件事情發生了。透過那臺望遠鏡，整個世界比我想像的更近、也更廣大。好美、好令人驚嘆，而且——我不知道——這使我意識到，我內在也有某件事十分重要。

但丁看著我透過望遠鏡的鏡片搜尋著天空，他低語道：「有一天，我一定要發掘這宇宙中所有的祕密。」

這使我微笑起來。「你要那麼多祕密做什麼，但丁？」

「我到時候就會知道了。」他說：「也許用來改變全世界。」

我相信他。

但丁・昆塔納是我認識的人中唯一一個可以說出這種話的人。我知道他長大後，永遠也不會說出「女生就像是樹一樣」這種蠢話。

那天晚上，我們睡在他家的後院。

我們可以聽見他的父母在廚房說話，因為窗戶沒關。他母親用西班牙文說話，爸爸則是用英文。

「他們都這樣。」他說。

「我爸媽也是。」我說。

我們沒說太多話。我們只是躺在那裡，看著星星。

「太多光害了。」他說。

「太多光害了。」我回答。

第十一章

關於但丁，有個十分重要的事實：他不喜歡穿鞋。

我們會溜滑板到公園，然後他會脫掉他的網球鞋，並在草地上磨腳，好像要把什麼東西擦掉似的。我們去看電影的時候，他也會把鞋子脫掉。他有一次把鞋子留在電影院，我們還特別折返回去拿。

我們想念公車，但丁在車上也會把鞋子脫掉。

有一次，我和他一起去望彌撒。他解開鞋帶，並在長椅上脫掉了自己的鞋。我對他使了個眼色。他翻了個白眼，指著十字架低語：「耶穌也沒有穿鞋啊。」

我們坐在那裡哈哈大笑。

來我家時，但丁也會把鞋留在前廊上才進門。「日本人就這樣。」他說：「他們不會把世上的塵土帶進別人家裡。」

「對。」我說：「但我們不是日本人。我們是墨西哥人。」

「我們也不算是墨西哥人。我們住在墨西哥嗎？」

「但是我們的祖父母是從墨西哥來的。」

「好吧，好吧。但我們真的了解墨西哥嗎？」

「我們說西班牙文。」

「說得也不好。」

「只有你吧，但丁。你真是個『波喬』（pocho）。」

「『波喬』是什麼？」

「半吊子的墨西哥人。」

「好吧，也許我就是『波喬』。但我想說的是，我們也可以適應其他文化。」

我不知道為什麼，但我笑了起來。事實是，我一定會喜歡但丁和鞋子的這場戰爭。有一天，我直接開門見山地問了：「所以你對鞋子有什麼意見？」

「我不喜歡鞋子，就這樣。沒別的原因，沒什麼祕密。我天生就不喜歡它們。整件事沒什麼複雜的。嗯，除了這和我媽有關。她逼我穿鞋。她說這是法律，然後她又說我不穿鞋會生病什麼的。然後她又說，如果我不穿鞋，別人就會覺得我只是另一個窮墨西哥人。她說墨西哥村莊裡有些男孩只渴望有一雙鞋穿。『你穿得起鞋子，但丁。』她是這樣說的。你知道我怎麼回答她的嗎？『不，我穿不起鞋子。我有工作嗎？沒有。我負擔不起任何東西。』然後通常對話到這裡時，她就會很挫折。她討厭別人把我當作窮墨西哥人。然後她會說：『身為墨西哥人，不代表你就很窮。』而我只想告訴她：『媽，這跟窮不窮沒關係。這跟是不是墨西哥人也沒關係。我就是不喜歡鞋子。』但我知道鞋子這件事跟她成長的過程有關。所以後來她再重複說：『但丁，我們買得起鞋子。』的時候，我就只會點頭。我知道這整件事跟『買得起』一點關係都沒有。但你知道，她每次都會用那種眼神看我，然後我也會用同樣的眼神看她——事情就是這樣。聽著，我、我媽和鞋子這件事，不是個好話題。」他抬眼瞪著灼熱的午後天空——這是他的習慣，這代表他在思考。「你知道，穿鞋是個不自然的行為。這是我的基礎假設。」

「你的基礎假設？」有時候他說起話來，就像個科學家或哲學家。

「你知道，就是基本原則。」

「基本原則？」

「你的眼神好像我是瘋子一樣。」

「你**是**瘋子啊，但丁。」

「我不是。」他說，然後他又重複了一次。「**我不是**。」他看起來幾乎要生氣了。

「好吧。」我說：「你不是。你不是瘋子，也不是日本人。」

他伸出手，一邊解開我的網球鞋，一邊說：「脫掉你的鞋子，亞里。活得有點生命力吧。」

我們跑到街上，玩起一個但丁即興想出來的遊戲。我們要比賽誰能把自己的網球鞋拋得最遠。但丁捏造遊戲的方式非常有系統。我們要玩三輪——代表我們要丟六次。我們各拿了一截粉筆，並在鞋子落地的地方做標記。他借了爸爸的捲尺，最長可以量到三十呎長。但這樣也不夠長。

「我們為什麼要量距離？」我問：「我們不能把鞋子丟出去之後，用粉筆做標記就好了嗎？最遠的粉筆記號就贏了。簡單。」

「我們得知道精準的距離。」他說。

「為什麼？」

「因為你如果要做一件事，你就要完全知道自己在做什麼。」

「沒有人完全知道自己在幹麼。」我說。

「因為大家都懶散又沒有紀律。」

「有沒有人說過你有時候講話，就像是個英文說得很完美的瘋子？」

「這是我爸的錯。」他說。

「瘋子的部分還是英文很完美的部分？」我搖搖頭。「這是個遊戲，但丁。」

「所以呢？亞里，你玩遊戲的時候，你就必須知道自己在做什麼。」

「我知道我們在幹麼，但丁。我們在編造一個新遊戲。我們在大街上丟自己的網球鞋，想看誰能把鞋子丟得最遠。我們就是在玩這個。」

「這就像是某個版本的擲標槍，對吧？」

「對，我猜是吧。」

「他們在擲標槍的時候，也會量距離，對吧？」

「對，但那是真的運動，但丁。這個又不是。」

「這也是真的運動。我是真的，你也是真的。網球鞋也是真的。街道是真的，我們編出來的規則——它們也是真的。你還想要聽多少？」

「但你這樣太麻煩了。我們每一次丟完，都要量一次耶。這樣有什麼好玩？丟鞋的時候才好玩。」

「不。」但丁說：「好玩的是遊戲。每個部分都好玩。」

「我不懂。」我說：「丟鞋很好玩，我懂。但拿你爸的皮尺出來，在街道測量東西，感覺就像是工作。這樣有什麼好玩的？而且不只是這樣——如果有車來了怎麼辦？」

「我們就站到旁邊去。而且，我們也可以去公園玩。」

「街上比較好玩。」我說。

「對，街上比較好玩。」我們有共識了。

但丁看著我。

我回望著他。我知道我贏不了他的。我知道我們一定要按著他的規則來玩這個遊戲。但事實是，這對但丁來說很重要。對我來說，就沒有那麼重要了。所以我們用手邊的器材開始玩遊戲：我們的網球鞋、兩截粉筆，還有他爸爸的捲尺。我們一邊玩一邊編起規則——而規則一直改變。最後，我們玩了三局——就跟網球一樣。每一局都要投擲六次。每一場遊戲都要丟十八次。但丁三戰兩勝。但我丟出的距離最遠。四十七呎三又四分之一吋。

但丁的爸爸走到屋外，搖了搖頭。「你們在幹麼？」

「我們在玩遊戲。」

「我是怎麼跟你說的，但丁？不是說不要在街上玩嗎？公園**就在那裡**。」他指向公園。「而且這是——」他停了下來，檢視整個場景。「你們在亂丟鞋子嗎？」

但丁不怕他爸爸，他爸也不可怕。但他爸畢竟是個爸爸，而且正站在那裡挑戰著我們。但丁甚至沒有動搖，他很確定自己可以堅守立場。「我們不是在亂丟鞋子，爸，我們在玩遊戲。這是普通人版本的擲標槍。我們在比誰可以把鞋子丟得最遠。」

他爸爸笑了。**我是說，他笑了耶**。「你大概是整個宇宙中唯一一個小孩，可以捏造出一個遊戲，當作把鞋子砸爛的藉口。」他又笑了起來。「你媽一定會很喜歡的。」

「我們不用告訴她。」

「我們需要。」

「為什麼？」

「我們有『開誠布公』的規則。」

「我們在大街上玩耶。這樣哪算是祕密？」

「如果我們不告訴她，那就是個祕密了。」他對但丁咧嘴而笑，沒有生氣——但還是有個爸爸的樣子。「去公園玩吧，但丁。」

我們在公園裡找到重新開始遊戲的好地點。但丁用盡全力拋擲網球鞋時，我打量著他的臉。他爸爸說得對。但丁**真的**找到一個遊戲，當作把他鞋子砸爛的藉口了。

第十二章

一天午後，我們游完泳，就在他家的前廊上休息。

但丁正盯著自己的腳看，這使我微笑起來。

他想要知道我為什麼笑。「我就只是在微笑。」我說：「我不能微笑嗎？」

「你沒跟我說實話。」他說。他對說實話有奇怪的堅持。他跟我爸一樣糟糕，只是我爸把實話保留在自己心中，而但丁相信你必須把實話說出來。大聲說出口。告訴某人。

我不像但丁。我更像我爸一點。

「好吧。」我說：「我是在笑你看著自己的腳。」

「笑這種事也很好笑。」他說。

「很奇怪啊。」我說：「誰會這樣做啊——一直盯著自己的腳看？只有你吧？」

「研究你自己的身體不是壞事。」他說。

「說這種話也很奇怪。」我說。在我們家，我們不會討論自己的身體。我們就是不會做這種事。

「管他的。」他說。

「管他的。」我說。

「你喜歡狗嗎，亞里？」

「我愛狗。」

「我也是。牠們都不需要穿鞋。」

我笑了。我開始覺得我在這世界上的其中一個任務，就是在但丁講笑話的時候發笑。只是但丁並不是為了搞笑而說這些話，他只是在做自己。

「我要去問我爸能不能讓我養狗。」他的臉上帶著某種神情——某種熱情。我思索著那種熱情。

「你想要哪種狗？」

「不知道呢，亞里。從收容所領養的那種。你知道，那種被人丟掉的狗。」

「對。」我說：「但你怎麼知道要選哪一隻？收容所有好多狗，而且每一隻都想要有人拯救牠。」

「因為人類太壞了。他們把狗當垃圾一樣丟掉。我討厭這樣。」

我們坐在那裡說著話，卻聽見一聲怪響，然後一群男孩叫囂著跑過街道。他們有三個人，年紀可能比我們還小一些。兩人手中拿著BB槍，正指著一隻他們剛射下來的鳥。「我打到一隻了！我們打到一隻了！」其中一人用槍指著一棵樹。

「嘿！」但丁大叫：「住手！」我還沒意識到發生什麼事，但丁就已經跑到街道的一半了。我追在他身後。

「住手！你們有什麼毛病啊！」但丁伸著手，示意他們停下來。「把槍給我。」

「我才不要把我的ＢＢ槍給你咧。」

「這是違法的。」但丁說。他看起來快發瘋了，真的要瘋了。

「憲法第二修正案。」男孩說。

「對，第二修正案。」另一個男孩說，他緊抓著自己的小小步槍。

「第二修正案對ＢＢ槍不適用，你們這些混蛋。而且槍枝也不准出現在城市公有土地上。」

「你打算要怎麼樣啊，小雜種？」

「我會逼你停手的。」他說。

「怎樣？」

「我會把你瘦小的屁股一路踢到墨西哥邊境。」我說。我猜我只是怕這些傢伙會傷害但丁。我只是說了我覺得該說的話。他們不強壯，也不夠聰明。他們是刻薄的笨蛋，而我知道刻薄的笨蛋會做什麼。也許但丁還沒有壞到會打架，但我有，而且揍一個欠揍的混蛋從來不會讓我感到抱歉。

我們在那裡站了一會，互相對峙。我看得出但丁不知道接下來要怎麼辦。

其中一個人看起來像是要用BB槍指著我。

「如果我是你，我可不會這麼做，你這小雜種。」就這樣，我伸出手奪下了他的槍。我的速度很快，又出乎他的意料。和人打架有一個訣竅：動作要快，出其不意。這招永遠有效，這是打架的第一條規則。然後他的BB槍就在我手上了。「我沒把這個塞進你屁股裡，就算你幸運了。」

我把槍丟在地上。我甚至不必叫他們滾遠一點。他們一邊低聲罵著髒話，一邊離開了。

但丁和我對視著。

「我不知道你喜歡打架。」但丁說。

「我沒有。真的。」我說。

「有。」但丁說：「你喜歡打架。」

「也許我是吧。」我說：「我也不知道你是和平主義者。」

「也許我不是和平主義者。也許我只是覺得要到處殺鳥，你至少要給出一個好理由。」他搜尋著我的臉。我不確定他想要找什麼。「你也很會講髒話。」

「對，嗯，但丁，你不要告訴你媽媽。」

「我們也不會告訴你媽媽。」

我看著他。「我有個理論，可以解釋媽媽為什麼都這麼嚴格。」

但丁幾乎露出微笑。「因為她們愛我們，亞里。」

「那是一部分。另一部分是，她們希望我們永遠都是小孩。」

「對，我想這樣會讓我媽很高興——如果我永遠都是小孩的話。」但丁低頭看著死掉的鳥。幾分鐘前，他還氣到要抓狂。現在，他看起來快要哭了。

「我從來沒有看過你這麼生氣。」我說。

「我也從來沒有看過你這麼生氣。」

我們都知道，我們生氣的原因不一樣。

有那麼一刻，我們只是低頭看著死去的鳥。「只是一隻小麻雀。」他說。然後他哭了起來。

我不知道該怎麼辦。我只是站在那裡看著他。

我們再度跨過街道，坐在他家的前廊上。他用盡全身的力量與怒氣，把他的網球鞋拋過街。他把臉上的淚水抹掉。

「你剛才會害怕嗎？」他問。

「不會。」

「我很害怕。」

「所以？」

然後我們就安靜了下來。我討厭這個沉默，最後我只是問了一個蠢問題。「鳥到底為什麼要存在？」

他看著我。「你不知道嗎？」

「我猜應該不知道。」

「鳥的存在是為了教我們天空的事。」

「你相信嗎？」

「相信。」

我想要叫他別哭了，想要跟他說那些男孩對那隻鳥做的事並不重要。但我知道這很重要。這對但丁來說很重要。而且叫他不要哭也沒有用，因為他需要哭。他就是這樣的人。

然後他終於停下來了。他深吸一口氣，看著我。「你願意幫我一起把鳥埋了嗎？」

「當然。」

我們從他父親的車庫拿了一把鏟子，並走到公園那隻死掉的小鳥墜落的草地上。我用鏟子撈起小鳥，帶到街道這一側，回到但丁的後院。我在一棵大夾竹桃下面挖了一個洞。

我們把鳥放進洞裡，埋了起來。

我們一句話也沒說。

但丁又哭了起來，而我覺得自己很差勁，因為我並不想哭。我並沒有對那隻鳥產生任何感情。只是一隻鳥而已。也許那隻鳥不該被某個愛亂開槍的蠢孩子射下來，但牠還是只是隻鳥。

我比但丁冷酷。我想我一直試著藏起冷酷的那一面，因為我希望他喜歡我。但現在他知道了。他知道我很冷酷。也許這樣也沒關係。也許他會喜歡我冷酷的這一面，就像我喜歡他**不**冷酷的那一面。

我們盯著鳥的墳墓看。「謝了。」他說。

「小事。」我說。

我知道他想要獨處。

「嘿。」我低語。「我們明天見。」

「我們去游泳。」他說。

「對，我們去游泳。」

一滴淚從他的臉頰上滑下。在夕陽下，它看起來像是一道河流。

不知道那是什麼感覺，成為一個會為了死去的鳥而哭的男孩。

我揮手道別。他也揮手。

回家路上，我想著鳥兒，還有牠們存在的意義。但丁有答案，我沒有。我完全不知道鳥為什麼存在。我從來沒有問過我自己這個問題。

但丁的答案對我來說很合理。如果我們研究鳥，也許我們就會學會什麼叫自由。我想他就是這個意思。我的名字是哲學家的名字。那**我的**答案是什麼？為什麼我沒有答案？

而且，為什麼有些男孩有眼淚，而有些卻沒有？不同的男孩照著不同的規則活著。

當我回到家時，我坐在前廊上。

我看著太陽西下。

我覺得很孤單，但不是壞的那種。我真的很喜歡獨處。也許有點太喜歡了。也許我爸也是這樣。

我想著但丁，幻想著他的事。

而我覺得，他的臉像是一張世界地圖。一個沒有黑暗的世界。

哇，一個沒有黑暗的世界。那有多美啊？

從天上摔下來的麻雀

小時候，我起床時，總覺得世界要毀滅了。

第一章

我們把痲雀埋了的第二天早上，我起床時，渾身像著火一般發著燒。

我的肌肉疼痛，喉嚨也痛，頭砰砰作響的感覺幾乎像是一顆心臟。我盯著自己的手，幾乎覺得它們是別人的手。我試著起身，但是卻找不到平衡感，房間像是一直在旋轉、旋轉。我試著往前走，但我的腿卻撐不住我身體的重量。我摔回床上，時鐘收音機砸在地上。

我媽出現在房間裡，不知道為什麼，她看起來不像是真的人。「媽？媽？是妳嗎？」我想我對著她大叫了。

她眼中帶著問句。「是。」她說。她看起來好嚴肅。

「我摔倒了。」我說。

她說了一句什麼——但我無法翻譯她說的話。一切都感覺好奇怪，我以為我在做夢，但她放在我手臂上的手，感覺像是真正的碰觸。「你在發燒。」她說。

我感覺到她的手放在我的臉上。

我一直在想我在哪裡，所以我問她：「我們在哪？」

她抱著我好一陣子。「噓。」

世界好安靜。我和世界之間有一堵高牆，而有那麼一刻，我覺得這個世界不想要我，而現在終於有機會把我除掉了。

我抬起眼，看見我媽站在面前，手上拿著兩片阿斯匹靈和一杯水。

我坐起身，伸手拿過藥丸，放進嘴裡。舉起杯子時，我可以看見我的手在顫抖。

她把一支溫度計放在我的舌頭上。

她看著手錶的時間，然後把溫度計從我嘴中抽走。

「四十度。」她說：「我們要先讓你退燒。」她搖搖頭。「都是游泳池裡的細菌害的。」

有那麼一瞬間，世界似乎近了一點。「只是感冒而已。」我低聲說。但我覺得好像是別人在說話。

「我覺得你得到流感了。」

但現在是夏天耶。話就在嘴邊，但我說不出口。我不斷發抖。她在我身上又蓋了一條毛毯。

一切都在旋轉，但當我閉上雙眼時，房間又變得停滯而黑暗。

然後夢境就來了。

鳥不斷從天空落下。麻雀。千百萬隻麻雀。牠們像雨一樣從天上落下，打在我身上，牠們的血淋滿我全身，我卻找不到地方躲避。牠們的嘴喙刺破我的皮膚，像是弓箭一樣。巴迪・霍利的飛機也從天上掉下來，而我可以聽見威倫・詹寧斯唱著〈啦吧吧〉。我可以聽見但丁哭泣著——而當我轉過身去找他時，我看見他正抱著瑞奇・瓦倫斯軟趴趴的身體，然後飛機就往我們身上砸來。我只看見它的影子，還有著火的大地。

然後天空就消失了。

我一定尖叫得很大聲，因為我爸媽在我房間裡。我顫抖著，汗水把一切都浸溼了。然後我意識到我在哭，而且我停不下來。

我爸抱起我，在搖椅上搖擺著。我覺得自己又小又脆弱，我想要回抱他，但卻做不到，因為我的手臂沒有力氣，我想問他，小時候他是不是也這樣抱我，因為我不記得了，但我為什麼不記得？我開始想，也許我還在做夢，但我媽正在換我的床單，所以我知道一切都是真的。只有我不是。

我想我在喃喃自語。我爸把我抱得更緊，低聲說了些什麼，但就連他的手臂或耳語都無法阻止我顫抖。我媽用毛巾擦乾我被汗浸溼的身體，並和我爸一起幫我換上乾淨的T恤和內褲。然後我說了一句最奇怪的話：「不要把我的T恤丟掉。那是爸給我的。」我知道我在哭，但我不知道為什麼，因為我不是那種會哭的人，而我想，也許在哭的是別人。

我聽見我爸低語：「噓，沒事的。」他讓我躺回床上，我媽則在我身邊坐下，並讓我喝了一些水，又吃了更多阿斯匹靈。

我看見我爸臉上的表情，我知道他很擔心。我很難過，因為我讓他擔心了。我不知道他是不是真的有抱我，而我想要告訴他，我不討厭他，我只是不懂他、不懂他是誰，而我想要懂他，我好想好想懂他。我媽用西班牙文對我爸說了一句什麼，他點點頭。我累得不想在乎任何一種語言。

世界好安靜。

我陷入沉睡——然後夢境又來了。外面下著雨，我身邊全是雷聲與閃電，而我可以看見自己在雨中奔跑。我在找但丁，而我大叫著，因為他迷路了：「但丁！回來！回來！」然後我就不是在找但丁了，我是在找我爸，而我大聲呼喚著他：「爸！爸！你跑到哪去了？你去哪了？」

我再度醒來時，我渾身上下又因流汗而溼透了。

我爸正坐在搖椅上，打量著我。

我媽走進房間裡，她看向我爸——然後又看向我。

「我不是故意要嚇你們的。」我沒辦法讓自己的聲音比耳語更大了。

我媽微笑著，我想她年輕時一定很漂亮。她幫助我坐起身。「親愛的，你溼透了。你何不去洗個舒服的澡呢？」

「我做惡夢了。」

我把頭靠在她的肩膀上。我想要我們三人一直保持現在這樣。

我爸幫助我進到浴室。我覺得虛弱而疲憊，當熱水打到我的身上時，我想到了我的夢……但丁，還有我爸。而我在想，我爸在我這個年紀時長什麼樣子。我媽告訴我，我爸很美。我不知道他有沒有像但丁那麼美。然後我不知道我為什麼會這樣想。

我回到床上時，媽又幫我換了一次床單。「你已經退燒了。」她又給了我一杯水。我不想喝，但我還是全喝光了。我沒有意識到我有多渴，於是我又跟她要了更多水。

我爸還在房裡，還坐在我的搖椅上。

我躺在床上，彼此打量了一陣。

「你在找我。」他說。

我看著他。

「在夢裡，你在找我。」

「我一直都在找你。」我低語。

第二章

隔天早上醒來的時候，我還以為我昨天死了。我知道那不是事實——但這念頭還是存在。也許生病的時候，你的一部分就死了。我不知道。

我媽對我的困境提供的解決方式，就是逼我喝下巨量的水——而且一次得喝痛苦的一大杯。

我終於抓狂、拒絕再喝水了。「我的膀胱已經變成一個水球，而且快要爆掉啦。」

「很好。」她說：「這是在清洗你的身體系統。」

「我已經清洗夠了。」我說。

我要應付的還不只是水而已，我還得應付她的雞湯。她的雞湯成了我的敵人。

第一碗真的很讚，我從來沒有那麼餓過。從來沒有。她給我的大部分都只有湯汁。

隔天，雞湯在午餐時又出現了。那也還好，因為我終於可以吃湯裡的雞肉和蔬菜，再搭配溫暖的玉米餅和我媽做的燉米飯（sopa de arroz）。但接下來，雞湯又以下午點心的形式出現了。然後晚餐時又來了。

我受夠了水和雞湯。我受夠了生病。在床上躺了四天後，我終於決定要起來了。

我向我媽宣布道：「我好了。」

「你還沒好。」我媽說。

「我被關起來當人質了。」我爸下班回家時，這是我對他說的第一句話。

他對我露齒一笑。

「我已經好了，爸。真的。」

「你看起來還是有點蒼白。」

「我需要晒太陽。」

「再休息一天吧。」他說：「然後你就可以回到外面，愛怎麼惹麻煩就怎麼惹麻煩。」

「好吧。」我說：「但我不要雞湯了。」

「那是你和你媽之間的事。」

他準備離開我的房間。他猶豫了一下。他背對著我。「你還有做惡夢嗎？」

「我一直都在做惡夢。」我說。

「沒生病的時候也是嗎？」

「對。」

他站在門口。他轉過身，面對我。「你每次都迷路嗎？」

「大多數都是。」

「你每次都在找我嗎？」

「我想我覺得，我大多數是在找我自己，爸。」和他討論真實的東西有點奇怪。但我也覺得很害怕，我想要一直說下去，但我不知道要怎麼告訴他我內心所想的那些事。我低頭看著地板。然後我抬眼看向他，聳聳肩，**沒什麼大不了的**。

「對不起。」他說：「我一直都那麼疏遠。」

「沒關係。」我說。

「不。」他說：「不是沒關係。」我想他還有些話想說，但他改變了心意。他轉過身，走出房間。

我繼續瞪視著地面，然後我再度聽見我爸的聲音出現在房裡。「我也會做惡夢，亞里。」

我想要問他是夢見戰爭，或是我哥哥。我想問他是不是和我一樣害怕。

但我只是對他微笑，他告訴我關於他的事了。

我很快樂。

第三章

我終於被允許看電視，但我發現了一個自己的祕密。我不是真的喜歡電視，我完全不喜歡。我一直轉臺，然後我看著坐在廚房桌邊的媽媽，她正在翻閱她以前的教案。

「媽？」

她抬眼看著我。我試著想像媽媽站在一教室的學生面前，不知道那些人是怎麼想的。

不知道他們是怎麼看她的。他們喜歡她嗎？討厭她嗎？尊敬她嗎？不曉得他們知不知道她有小孩。不知道他們在不在乎。

「你在想什麼？」

「妳喜歡教書嗎？」

「喜歡。」她說。

「就算學生不在乎也一樣嗎？」

「我跟你說一個祕密。我不用為學生在不在乎而負責。他們必須要自己在乎——

不是我。」

「那妳的工作是什麼？」

「亞里，我的工作就是，無論發生什麼事，都要在乎他們。」

「就算他們不在乎？」

「就算他們不在乎。」

「無論發生什麼事？」

「無論發生什麼事。」

「就算妳教的學生跟我一樣，覺得人生很無聊，也是嗎？」

「十五歲就是這樣。」

「只是一個階段。」我說。

「只是一個階段。」她笑了。

「妳喜歡十五歲的小孩嗎？」

「你是在問我喜不喜歡你，還是喜不喜歡我學生？」

「兩個都是吧，我猜。」

「我愛你，亞里，你知道的。」

「對，但妳也愛妳的學生。」

「你吃醋嗎？」

「我可以出去了嗎？」我可以跟她一樣有技巧地逃避問題。

「你明天就可以出去了。」

「我覺得妳現在是法西斯主義者。」

「這個詞很嚴重喔，亞里。」

「多虧了你，我現在知道各種不同形式的政府。墨索里尼是法西斯主義者。法蘭科是法西斯主義者。爸也說雷根是法西斯主義者。」

「別把你爸的笑話太當真，亞里。他的意思只是，他覺得雷根總統比較鐵腕而已。」

「我知道他是什麼意思，媽。**妳**也知道**我**是什麼意思。」

「嗯，很高興知道你覺得你媽比某種形式的政府還要偉大。」

「妳就是啊。」我說。

「我懂你要說什麼，亞里。你還是不能出去。」

有時候，我真希望自己夠叛逆，能違背我媽的規則。

「我只是想要離開這裡。我快要無聊死了。」

她從座位上站起身，用雙手捧住我的臉——

「你是我的命，兒子（Hijo de mi vida）。」她說：「很抱歉，你覺得我對你太嚴格。但我有我的原因。等你長大——」

「妳每次都這樣說。我已經十五歲了。我還要長多少才夠？我要長多大，妳才會覺得我夠聰明，能聽得懂妳的話？我不是小寶寶了。」

她握住我的手，吻了吻。「對我來說，你就是。」她低聲說。

淚水從她的臉頰滑下。

有事情我不明白。先是但丁，然後是我，現在又是我媽。到處都是眼淚。也許眼淚也是你感染的東西，就像流感。

「沒關係，媽。」我低語。我對她微笑。

我想我是期待她能為她的眼淚做出完整的解釋，但我得努力一點才能得到答案。

「妳還好嗎？」我說。

「嗯。」她說：「我沒事。」

「我覺得妳不是。」

「我很努力不要擔心你。」

「為什麼要擔心？我只是得了流感。」

「我不是指那個。」

「那是什麼？」

「你離開家之後，都在做些什麼？」

「很多事。」

「你沒有朋友。」她想要用手摀住嘴，但接著就停手了。

我想要為了這句指控而討厭她。「我不想要朋友。」

她看我的眼神，幾乎像是把我當成陌生人。

「而且如果妳不讓我出去，我要怎麼交朋友？」

她對我露出了她獨有的眼神。

「我有朋友，媽。我在學校裡有朋友。還有但丁，他是我朋友。」

「對。」她說：「但丁。」

「對。」我說：「但丁。」

「我很高興你有但丁。」她說。

我點點頭。「我沒事，媽。我只是不是那種男生——」我不知道我想要說什麼。

「我只是不一樣。」我不知道我是什麼意思。

「你知道我怎麼想的嗎？」

我不想知道她怎麼想的。我不想，但反正她還是會說的。「說吧。」我說。

她忽略我的態度。

「我覺得，你不知道大家有多愛你。」

「我**知道**。」

她正要說些什麼，卻改變了主意。「亞里，我只是希望你快樂。」

我想要告訴她，快樂對我來說很困難。但我覺得她已經知道了。「嗯。」我說：「我這個階段註定就是要很悲慘的。」

這使她笑了起來。

我們沒事了。

「妳覺得，我可以找但丁來家裡嗎？」

第四章

鈴響第二聲，但丁就接起來了。「你都沒有去泳池。」他聽起來很生氣。

「我一直在床上，我得了流感。我大多時候都在睡覺，然後做了很多惡夢，還喝了很多雞湯。」

「發燒嗎？」

「對。」

「全身痠痛？」

「對。」

「半夜盜汗？」

「對。」

「真糟。」他說：「你都做了什麼夢？」

「我沒辦法說。」

他似乎不介意。

十五分鐘後，他出現在我家門口。我聽見了門鈴聲。我聽見他在和我媽說話。

開啟話題向來難不倒但丁，他大概正在跟我媽講他的人生故事吧。

我聽見他光著腳走過走廊。然後他就站在我房門口，身穿一件磨損到幾乎可以透視過去的T恤，還有一條有破洞的牛仔褲。

「嗨。」他說。他拿著一本詩集、一本素描簿，還有幾支炭筆。

「你沒穿鞋。」我說。

「我把它們捐給窮人了。」

「我猜下一個東西就是牛仔褲了。」

「對。」我們都笑了。

他打量著我。「你看起來有點蒼白。」

「我看起來還是比你像墨西哥人。」

「每個人都比我像墨西哥人，去跟給我基因的人說吧。」他的語調很怪。墨西哥人的事讓他很煩。

「好啦，好啦。」我說。「好啦、好啦」代表著是時候轉移話題了。「所以，你帶了你的素描簿。」

「對。」

「你要讓我看你畫的圖了嗎？」

「不，我要畫你。」

「如果我不想被畫呢？」

「如果我不能練習，我要怎麼變成藝術家？」

「藝術家的模特兒不是應該要有薪水嗎？」

「只有好看的有薪水。」

「所以我不好看嗎？」

但丁微笑。「別這麼混蛋。」他看起來很難為情，但沒像我這麼難為情。我可以感覺到自己的臉紅了起來，就連膚色像我這麼黑的人也會臉紅。「所以，你真的要當藝術家？」

「當然了。」他直直看著我。「你不相信我嗎？」

「我需要證據。」

他坐在我的搖椅上，打量著我。「你看起來還在生病。」

「謝了。」

「也許是因為你的夢喔。」

「也許吧。」我不想談我的夢。

「小時候，我起床時，總覺得世界要毀滅了。我下床之後，看著鏡子，會發現我的眼睛很哀傷。」

「你的意思是，和我的一樣。」

「對。」

「我的眼睛老是看起來很哀傷。」

「世界還沒有要毀滅，亞里。」

「別這麼混蛋。當然還沒有要毀滅。」

「那就不要難過了。」

「難過、難過、難過。」我說。

「難過、難過、難過。」他說。

我們面帶微笑，試著憋住笑聲——但我們辦不到。我很高興他來了。生病使我覺得自己很脆弱、好像我會破碎一般。我不喜歡這種感覺。大笑使我感覺好多了。

「我想要畫你。」

「我可以阻止你嗎？」

「是你說你要看證據的。」

他把帶來的詩集丟給我。「讀這個吧。你看書。我畫畫。」然後他就變得非常安靜。他的眼睛開始搜尋房裡的一切：我、床、毛毯、枕頭，還有電燈。我覺得緊張、尷尬、不自在也不舒服。但丁這樣盯著我，嗯，我不知道我喜歡還是不喜歡這樣。我只知道，我覺得很赤裸。但是，但丁和他的畫圖本之間有著一點什麼，使我覺得自己像是隱形人，而我放鬆了下來。

「讓我看起來帥一點。」我說。

「看書。」他說：「看書就是了。」

花不了多久時間，我就忘了但丁在畫我。我就只是看書。我看著、看著、看著。有時候我會瞥他一眼，但他只是迷失在自己的工作之中。我把視線轉回詩集上，我讀到其中一句，並試著理解它：「星星誕生了，在我們無法掌握的地方。」這句話聽起來很美，但我不懂它是什麼意思。我睡著的時候，還在想那句話是什麼意思。

我醒來時，但丁已經走了。

他沒有留下他為我畫的素描，但他確實留下一幅他畫的搖椅。他畫得好完美。那張搖椅背靠著我空白的牆面。他捕捉到了下午灑入房間的陽光、光影落在椅子上的模樣，並給了它深度，使它看起來不只是一個毫無生氣的物件。那張素描看起來哀傷又孤寂，我不知道這是他看待世界的樣子，或是他看待**我的**世界的樣子。

我盯著那張圖看了很久。我覺得很害怕，因為它看起來太過真實了。

不知道他是在哪裡學畫畫的。我突然感到很嫉妒。他會游泳、會畫畫、也能和其他人說話。他會讀詩，而且他喜歡自己。不知道那是什麼感覺，那種真正喜歡自己的感覺。不知道為什麼有些人不喜歡自己、有些人卻喜歡。也許世界就是這樣。

我看著他的圖，然後看向我的椅子。然後我才看見他留下來的字條。

亞里：

希望你喜歡椅子的素描。我好想念跟你一起游泳。救生員都是混蛋。

但丁

晚餐過後，我拿起電話，打給了他。

「你為什麼走了。」

「你需要休息。」

「對不起，我睡著了。」

然後我們兩人陷入沉默。

「我喜歡那張圖。」我說。

「為什麼？」

「因為看起來跟我的椅子一模一樣。」

「就只有這樣？」

「它還藏著一點什麼。」我說。

「什麼？」

「情緒。」

「跟我說說看。」但丁說。

「它看起來很哀傷。哀傷、而且寂寞。」

「就跟你一樣。」他說。

我討厭他這樣看我。「我又不是隨時都很哀傷。」我說。

「我知道。」他說。

「你要讓我看其他圖嗎？」

「不要。」

「為什麼？」

「我沒辦法。」

「為什麼不行？」

「就跟你不能說你的夢的原因一樣。」

第五章

流感似乎不願意就這樣離我而去。

那天晚上，夢境又來了。這次是我的哥哥。他在河的另一邊。他在華雷斯，我在艾爾帕索，而我們可以看見對方。我喊道：「柏納多，過來！」他搖搖頭。然後我以為他沒聽懂，所以我用西班牙文對他大喊大叫：「Vente pa'aca，柏納多！」我以為，我只要知道正確的措辭，或是用對的語言來說，那麼他就會過河而來，然後他就會回家。要是我知道正確的用詞就好了。要是我用了對的語言就好了。然後我爸爸也出現了。他和哥哥對視一眼，而我無法忍受他們臉上的表情，因為他們看起來承受了世界上所有兒子的痛苦和所有父親的痛苦。這種傷痛太深，已經遠遠超過了眼淚的範疇，所以他們的臉上一滴淚都沒有。然後夢境改變了，我的哥哥和爸爸消失。我站在爸爸剛才站過的地方，在華雷斯那一側，但丁則站在我對面。他打著赤膊、光著腳，我想要游向他，但我動彈不得。然後他用英語對我說了一句什麼，而我聽不懂。我用西班牙語對他說了一句什麼，他也聽不懂。

我好孤單。

然後所有的光線都消失，但丁也消失在黑暗中。

我醒了過來，感到無比迷失。

我不知道我在哪裡。

我又發燒了。我以為一切都不再一樣了。但我知道那只是高燒造成的。我再度睡著。麻雀紛紛從天上墜落。而這次，殺牠們的人是我。

第六章

但丁前來拜訪。我知道我並不好玩，他也知道。但他似乎不在意。

「你想說話嗎？」

「不要。」我說。

「你想要我走嗎？」

「不要。」我說。

他讀詩給我聽。

我想到天上掉下來的麻雀。

我聽著但丁的聲音，一邊猜測我哥哥的聲音聽起來是什麼樣子。

不知道他有沒有讀過詩。

我的心思混亂而擁擠——掉落的麻雀、哥哥的鬼魂，還有但丁的聲音。

「你不怕被我傳染嗎？」我說。

「不怕。」

「你不會怕嗎？」

「不會。」

「你什麼都不怕。」

「我害怕的東西可多了，亞里。」

我可以問他「什麼？你會怕什麼？」但我覺得他不會回答我。

第七章

高燒退了。

但夢境還在。

我爸爸會出現在夢裡，還有我哥哥，還有但丁。在我的夢中。有時候，我媽也會在。我腦中一直出現一個畫面。我當時四歲，正在走過一條街，哥哥牽著我的手。我不知道那是記憶或是夢境，或是願望。

我躺在那裡想事情。我想著只有我在乎的平凡問題，以及我生命中的謎團。想這些事並沒有讓我比較好過。我認為我在奧斯丁高中的十一年級會無聊到爆。但丁唸的是主教高中，因為他們有游泳隊。我爸媽本來希望我能去那裡唸書，但我拒絕了。我不想要去唸男子天主教學校。我對自己和爸媽堅稱，那些男生都是有錢人。我媽說，他們會給聰明的孩子獎學金。我回嘴說，我拿不到獎學金，因為我不夠聰明。我媽又反駁，說他們負擔得起那裡的學費。「我討厭那些男孩！」我哀求我爸不要把我送去那間學校。

我從來沒有跟但丁說過我討厭主教高中的學生。他不需要知道。

我想著媽媽的指控。「你沒有朋友。」

我想著我的椅子，我覺得那張椅子的圖其實是我的肖像。

我是一張椅子。我從來沒有覺得這麼哀傷過。

我知道我不再是個小男孩了，但我還是覺得自己像個小男孩。算是吧。但是我也開始產生別的感覺。男人的感覺，我猜。男人的寂寞比男孩的寂寞還要更難熬，而且我不想要再被當成小男孩了。我不想要住在我父母的世界，我卻沒有屬於我自己的世界。就某種奇怪的角度而言，我和但丁的友誼使我覺得更孤單了。

也許是因為但丁似乎能讓自己融入每一個場合。而我，我總是覺得自己不屬於任何地方。我甚至不屬於我自己的身體——**尤其**是我自己的身體。我正在變成一個我不認識的人。這種改變很痛苦，但我不知道為什麼。我的感覺一點都不合理。

我小時候一直有個想法，覺得我該寫日記。我在一本小小的皮製筆記本裡寫下很多雜感，填滿空白的頁面。但我從來就沒有明確的規則。那本筆記最後充斥著亂七八糟的想法，變成了一個亂七八糟的東西。

六年級時，我爸媽給了我一個棒球手套和一臺打字機當生日禮物。我當時在棒球隊裡，所以手套很合理。但打字機？他們是看見我的什麼特質，才決定要送我打字機的？我假裝自己很喜歡。但我不擅長假裝。

我不太表達自己，不代表我就是個好演員。

好笑的是，我學會了怎麼打字。至少學會了一個技能。棒球那檔事就沒有成功了。我打得夠好，可以進球隊。但我討厭棒球。我那麼做只是為了我爸爸。

我不知道自己為什麼要想這些事——只是我老是這麼做。我想我腦子裡有一臺專屬的小電視機。我可以控制自己想要看的東西。我隨時想要轉臺都可以。

我考慮要不要打給但丁。然後我想，也許還是不要比較好。我還不想跟任何人說話。我只想要跟自己對話。

我開始想著我的姊姊們，還有她們為什麼如此親近、卻離我如此遙遠。我知道是因為年紀的關係。這似乎滿重要的，對她們來說是如此，對我來說也是。我「晚了一點」才出生，我姊姊們是這麼說的。有一天，她們坐在廚房桌邊說話，講著我的事情，而她們是這麼說的。這不是我第一次聽到別人這樣說我。所以我決定和我姊姊們正面對質，因為我不喜歡別人這樣看待我。我不知道，我就是有點失控了。我看著我姊姊艾維拉，然後說：「是妳有點太早出生了。」我對她微笑，搖著頭。「這樣不是有點可惜嗎？這樣不是他媽的有點可惜嗎？」

我的另一個姊姊艾蜜莉雅教訓我。「我討厭那個詞。不要這樣說話。這樣太不尊重人了。」

好像她們就有尊重我一樣。對，當然了。

她們跟媽媽說我講髒話。我媽討厭「髒話」。她看了我一眼。「那個『髒』字只顯示出你對人極度缺乏尊重、也極度缺乏想像力。不要翻白眼。」

但我拒絕道歉，為自己惹上更大的麻煩。

至少我姊姊們再也沒有說過「太晚出生」這種話了。至少不是當著我的面說。

我想，我會生氣是因為我沒辦法和我哥哥說話。我會生氣是因為我也沒辦法真正和我姊姊們說話。姊姊們並不是不在乎我。只是她們更像是把我當成兒子，而不是弟弟。我不需要三個媽媽。所以，我就是獨自一人。而這使我更想要和與我年紀相近的人說話。我需要一個能了解「髒話」並不代表我缺乏想像力的人。有時候，說那個詞，只是讓我覺得自由。

在筆記本裡自我對話，也算是和跟我同齡的人說話。

有時候，我會寫下所有我想得到的髒話，這使我感覺好多了。我媽有她的規則。對我爸是：不准在屋裡抽菸。對其他人則是：不准罵髒話。她不喜歡這樣。我爸說出一連串有趣的話時，她只會看著他，然後說：「要罵就去外面罵吧，傑米。也許你會找到一隻喜歡這種話的狗。」

我媽很溫柔，但也很嚴格。我想她就是這樣生存下去的。我不會和我媽爭論罵髒話這件事。所以我通常都只會在腦子裡罵一罵而已。

然後還有我名字的問題。安傑・亞里斯多德・曼杜沙。我討厭「安傑」這個名字，我也不讓別人這樣叫我。我認識叫安傑的人都是徹底的混蛋。我也不喜歡「亞里斯多德」，就算我知道我的名字跟著爺爺取的，我也知道我是繼承了全世界最知名的哲學家的名字。我討厭這樣。每個人都期待我能給他們什麼，一些我給不起的東西。

所以我自稱亞里。

如果調整一下字母順序，我的名字就是艾爾，Air，空氣之意。

我覺得如果能成為空氣，感覺應該很棒。

我可以同時既存在、又不存在。我可以是必需品、又不可見。每個人都會需要我、卻又無法看見我。

第八章

我媽打斷了我的思緒——如果它們稱得上是想法的話。「但丁打來了。」

我走過廚房，注意到我媽正在清空所有的櫥櫃。不管夏季代表什麼，對我媽來說，就代表工作。

我坐在客廳的沙發上，抓起電話。

「嗨。」我說。

「嗨。」他說：「你在幹麼？」

「沒什麼。我只是覺得不舒服。我媽今天下午要帶我去看醫生了。」

「我本來希望我們可以去游泳了。」

「靠。」我說：「我不行。你知道，我只是——」

「對，我知道。所以你就是待在家嗎？」

「對。」

「你有在看書嗎，亞里？」

「沒有，我在思考。」

「思考什麼？」

「一些事情。」

「事情？」

「你知道，但丁，就是想事情。」

「像是什麼事，亞里？」

「你知道，就像我的兩個姊姊和我哥哥都比我大好多，還有這讓我有什麼感覺。」

「他們比你大多少？你姊和你哥？」

「我姊姊們是雙胞胎。她們不是長得一模一樣，但她們很像。她們二十七了。我媽十八歲就生了她們。」

「哇喔。」他說：「二十七歲耶。」

「對，哇喔。」

「我才十五歲，而我有三個外甥女和四個外甥。」

「我覺得這樣很酷，亞里。」

「相信我，但丁，一點都不酷。他們都不叫我亞里舅舅。」

「那你哥哥幾歲？」

「他二十五。」

「我一直都想要一個哥哥。」

「嗯，我這個哥哥有跟沒有一樣。」

「為什麼？」

「我們都不提他。感覺他就跟死了一樣。」

「為什麼？」

「他在坐牢，但丁。」我從來沒和別人提過我哥。我從來沒和別的人類提過他任何一件事。講到他就讓我不舒服。

但丁一句話都沒說。

「我們可以不要談他嗎？」我說。

「為什麼？」

「這讓我不太舒服。」

「亞里，你沒做錯什麼事。」

「我不想要談他，好嗎，但丁？」

「好吧，但你知道，亞里，你的人生好有趣。」

「一點都沒有。」我說。

「真的很有趣。」他說：「至少你有兄弟姊妹。我呢，我只有一個媽媽和一個爸爸。」

「表親呢？」

「他們不喜歡我。他們覺得我——嗯，他們覺得我有點不一樣。他們是真的很墨西哥，你知道的。而我呢，嗯，你是怎麼稱呼的？」

「波喬。」

「我就是這樣。我說不好西班牙文。」

「你可以學。」我說。

「在學校學跟在家裡或街上學的不一樣。而且這對我來說真的很難，因為我媽那邊的小孩——他們都真的很窮。我媽是他們家最小的，她抗爭了很久，他們才讓她上學。她爸爸覺得女生不應該上學。我媽就說：『管他的，我就要去。』」

「我沒辦法想像你媽說『管他的』。」

「嗯，她可能沒有真的這樣說——但她想了一些辦法。她很聰明，她想辦法唸完大學，然後就得到了柏克萊的獎學金，去唸了碩士。然後她就在那裡認識了我爸。我就是那時候出生的。我媽正在成為心理學家，我爸則是在成為英語教授。我是說，我爸的爸媽都是在墨西哥出生的。他們住在東洛杉磯的一個小房子裡，他們一句英文都不會說，只開了一間小餐館。我爸媽就像是創造了一個屬於他們的新世界。我住在他們的新世界裡。但他們了解那個舊世界，他們出生的那個世界——我就不了解了。我不屬於任何地方。問題就在這裡。」

「你不會啊。」我說：「你到哪裡都很自在。你就是這樣的人。」

「你從來沒有看過我和我表親相處。我感覺像是個怪胎。」

我知道那是什麼感覺。「我懂。」我說：「我也覺得自己是個怪胎。」

「嗯，至少你是真墨西哥人。」

「你對墨西哥了解多少，但丁？」

電話那頭的沉默很奇怪。「你覺得會一直這樣下去嗎？」

「什麼？」

「我是說，我們什麼時候才會開始覺得，這世界屬於我們？」

我想要告訴他，這世界永遠都不會屬於我們。「我不知道。」我說：「明天吧。」

第九章

我進入廚房，看著我媽清理她的櫥櫃。

「你跟但丁在聊什麼啊？」

「一些事情。」

我想要問她哥哥的事，但我知道我問不出口。「他告訴我他爸媽的事。他們是在柏克萊唸碩士的時候認識的。他也是在那裡出生。他說他記得他爸媽一直在讀書和做研究。」

我媽微笑起來。「就像我跟你一樣。」她說。

「我不記得了。」

「你爸去從軍的時候，我正在把大學唸完。這能稍微轉移我的注意力。我當時隨時隨地都在擔心。我媽和阿姨們幫我照顧你的姊姊和哥哥，讓我去學校唸書。你爸回來之後，我們就生了你。」她對我微笑，一邊用手指梳了梳我的頭髮。

「你爸在郵局找到工作，我則繼續唸書。我有你、也有課業。你爸也安全了。」

「會很辛苦嗎？」

「我很快樂。你是一個很乖的寶寶，我還以為我死了、上了天堂呢。我們買了這間房子。它需要整修，但它屬於我們。而且我在做我一直都想做的工作。」

「妳一直都想要當老師嗎？」

「一直都是。小時候，我們什麼都沒有，但我媽知道學校對我來說有多重要。我跟她說我要嫁給你爸爸時，她還哭了。」

「她不喜歡他嗎？」

「不是，她只是希望我把書唸完。我答應她我一定會唸完。是花了一點時間，但我遵守了承諾。」

這是我第一次真正把我媽當成一個人來看待。一個遠遠不止是我媽媽的人。用這種方式看她的感覺好奇怪。我想要問她爸爸的事，但我不知道怎麼問：「他那時候有變嗎？從戰爭回來的時候？」

「有。」

「變成怎樣？」

「他心裡有個創傷，亞里。」

「但那是什麼呢？是什麼痛苦？是什麼樣子？」

「我不知道。」

「妳為什麼會不知道，媽？」

「因為那屬於他的。只屬於他，亞里。」

我理解，她只是接受了我爸爸個人的傷痛。「那會好嗎？」

「我覺得不會。」

「媽？我可以問妳一件事嗎？」

「你什麼都可以問我。」

「愛他會很困難嗎？」

「不。」她甚至想都沒想。

「妳了解他嗎？」

「有時候不了解。但是亞里，我不需要隨時隨地都了解我愛的人。」

「嗯，也許我需要。」

「對你來說很難，對吧。」

「我不認識他，媽。」

「我知道我這樣說你會生氣，亞里，但我還是要說。我覺得你有一天**會**了解的。」

「對。」我說：「有一天。」

有一天，我會了解我的爸爸。有一天，他會告訴我他是什麼樣的人。有一天，

我好討厭這個詞。

第十章

我喜歡我媽跟我說她對事情的想法，她似乎可以做得到。我們沒有那麼常聊天，但有時候我們會說話，我們聊得很快樂，而且我覺得我了解她。我不覺得我了解很多人。她和我說話時，她和在當我媽媽的時候不一樣。她在當媽媽的時候，她一直覺得我應該要成為一個什麼樣的人。而我討厭她這樣，我會和她抗爭，我不想要她的意見。

我覺得我不需要接受每個人對我的說法、或覺得我該成為怎樣的人。**也許如果你不要這麼安靜，亞里……也許你應該要更有紀律一點……**對，每個人對我都有意見，也對我的未來有意見。尤其是我的姊姊們。

因為我是最小的。

因為我是個意外。

因為我太晚出生。

因為我哥哥在坐牢，而也許我爸媽覺得那是他們的錯。如果他們說了什麼、或做了什麼就好了。他們不會再犯一樣的錯。所以我就被我家人的罪惡感給填滿了——那股罪惡感，就連我媽都不願意談。她有時候會不小心提到我哥哥的事。但她從來不提他的名字。

所以現在我成了獨生子，而我感覺得到在墨西哥家庭當獨生子的壓力。儘管我一點也不想要。但事情就是這樣了。

跟但丁提到我哥的事情，使我覺得我好像背叛了家人，這讓我好生氣。這感覺很不舒服。我家裡有太多鬼魂了——我哥哥、我爸爸的戰爭、我姊姊們的聲音。而我想，裡面也有一些自己都還沒有見過的鬼魂。它們就在那裡，伺機而動。

我拿起我的舊筆記本，翻過書頁。找到一篇我剛滿十五歲一週後所寫的文章：

我不喜歡十五歲。

我不喜歡十四歲。

我不喜歡十三歲。

我不喜歡十二歲。

我不喜歡十一歲。

十歲還可以。我喜歡十歲。我不知道為什麼，但五年級的那一年，我過得很好。

五年級很棒。佩卓岡女士是個好老師，而且不知道為什麼，大家都喜歡我。那一年很棒。那一年很完美。五年級。但現在我十五歲，嗯，什麼事都變得有點尷尬。我的聲音變得很奇怪，我也一直踢到東西。我媽說我的反射神經正在努力追上我成長的速度。我長大了好多。

我不太喜歡成長這件事。

我的身體在做一些我無法控制的事。我就是不喜歡。突然間，我身上到處都長毛了。腋下、腿上，還有我的——嗯——腿中間。好吧，我不喜歡。我連腳趾上都長毛了。那是怎樣？

我的腳越長越大。腳為什麼要長這麼大？我十歲的時候，整個人都還算小隻，我也不太擔心我的毛髮。我只是會擔心自己的英文講不好。那一年我下定決心——十歲那年——我不要講墨西哥口音的英文。我要成為美國人。我說話的時候就要像個美國人。

就算我如果看起來不像美國人，那又怎麼樣。

美國人又該長怎樣？

美國人有長大手和大腳，還有——嗯，長在腿中間的毛嗎？

讀著我自己寫的文字，讓我覺得尷尬到不行。我是說，怎麼這麼蠢啊。我一定是全世界最蠢的廢物，居然還會寫自己長毛，還有其他身體上的事。難怪我再也不寫日記了。這根本就是在記錄我的愚蠢。為什麼我之前會想寫啊？我為什麼會想要提醒我自己有多混蛋？

我不知道為什麼自己沒有把那本筆記本扔到房間的另一端，而是繼續翻著。然後我發現我寫了一段跟我哥哥有關的文字：

家裡沒有哥哥的照片。

有我兩個姊姊結婚時的照片。有我媽媽第一次領聖餐的照片。有我爸爸在越南時的照片。還有我小嬰兒時的照片、我第一天上學的照片、我和小聯盟隊友一起拿著冠軍盃的照片。

有我三個外甥女和四個外甥的照片。

有我死去的祖父母的照片。

家裡到處都是照片。

但沒有我哥哥的照片。

因為他在坐牢。

我們家沒有人談論他。

好像他死了一樣。

這比死了還糟糕。至少死人還會被別人提起，你還能聽到那些人的故事。

人們提到那些故事的時候都會微笑，還會大笑。就連我們家以前的狗都還會有人提起。

就連死去的狗狗查理，都有個故事。

但我哥哥沒有故事。

他從我們家的歷史中被抹去了。這樣感覺不對。我哥哥不只是寫在黑板上的一個詞而已。我是說，我得寫一篇亞力山卓・漢彌爾頓的文章，我還知道他長什麼樣子。

但我寧可寫我哥哥。

我覺得學校裡不會有人想讀那篇文章的。

不知道我有沒有辦法鼓起勇氣，要我爸媽講哥哥的事給我聽。我問過姊姊們一次。艾維拉和艾蜜莉亞只是瞪了我一眼。「最好提都不要提他。」

我記得當時我想著，如果她們有槍，她們大概就會對我開槍了。

我發現我有時候會一次次低語著：「我哥哥在坐牢。我哥哥在坐牢。我哥哥在坐牢。」我想要知道這幾個字在我大聲說出口時的感覺。每一個字都像是食物——在你嘴裡，它們會帶來一些感覺。它們會有味道：「我哥哥在坐牢。」這幾個字嚐起來很苦。

最糟糕的是，這幾個字已經住在我體內了。它們正在逐漸蔓延出來。文字並不是你可以控制的東西。至少不是隨時。

我不知道我發生了什麼事。一切都很混亂，而我很害怕。我覺得我像是被但丁打掃前的房間。整理。我需要整理。所以我拿起筆記本，開始寫：

這些事發生在我的生命中（沒有特定順序）：

——我得了流感，感覺很不舒服，我內心也很不舒服。

——我一直覺得內心很不舒服。造成的原因一直在改變。

——我告訴爸爸我總是做惡夢。那是真的。我以前從來沒有告訴過別人。連我自己都沒有。當我說出來的時候，我才發現這是真的。

——有那麼一兩分鐘，我恨我媽媽，因為她說我沒有朋友。

——我想知道哥哥的事。如果我更了解他，我會恨他嗎？

——我發燒時，爸爸把我抱在懷裡，我希望他永遠把我抱在懷裡。

——問題不是我不愛我的父母。問題是我不知道該怎麼愛他們。

——但丁是我的第一個朋友。這讓我很害怕。

——我覺得如果但丁真的了解我，他就不會喜歡我了。

第十一章

我們在醫生的診間外等了超過兩小時，但我媽和我早有準備。我拿著但丁帶來我家的詩集，那本威廉・卡洛斯・威廉斯的詩集——而媽帶了一本自己正在讀的小說，《希望之眼》（Bless Me, Ultima）。

候診室裡，我坐在她對面，而我知道有時候她在打量我。我感覺得到她的目光。「我不知道你喜歡詩耶。」

「這是但丁的書。他爸爸在家裡到處都有放詩集。」

「他爸爸的工作太棒了。」

「妳是說當教授嗎？」

「對，多好啊。」

「我猜是吧。」我說。

「我去唸大學的時候，學校裡沒有一個墨裔美籍的教授。一個都沒有。」她的表情幾乎像是生氣。

我對她所知甚少。我不知道她經歷過什麼——或是身為她這樣的人有什麼感覺。我從來沒有真的在乎過。我開始在乎，開始思索了。我開始思索起一切。

「你喜歡詩嗎，亞里？」

「對吧，我猜，應該喜歡。」

「也許有一天你會成為作家。」她說：「一名詩人。」

她說起來的感覺實在太美好了。美好得不屬於我。

第十二章

我沒有問題。醫生是這麼說的。

這是從嚴重的流感康復過來的正常過程。我浪費了一個下午，不過我看見了媽媽臉上短暫出現的憤怒。我得認真想想這件事。

就在她開始不那麼像個謎團時，她又變得更像個謎團了。

我終於可以走出家門。

我和但丁在泳池會合，但我游了一下子就上氣不接下氣。所以大多時候，我只是看但丁游泳。

看起來快要下雨了。一年的這個時候總是很容易下雨。我聽見遠處的雷聲，我們開始往但丁家方向走的時候，雨就下了起來，然後雨勢變得越來越大。

我看向但丁。「你如果不跑，我就不跑。」

「我不跑。」

所以我們在雨中走路。我想要走得更快，但我決定放慢腳步。我看向但丁。「你有辦法淋雨嗎？」

他微笑起來。

我們緩緩往他們家走去。在雨中漫步，渾身溼透。

我們到他家後，但丁的爸爸逼我們換上乾衣服，並教訓了我們。「我早就知道但丁一點常識都沒有。但是，亞里，我以為你會更負責任一點的。」

但丁忍不住插嘴。「你以為噢，爸。」

「他剛得完流感，但丁。」

「我現在沒事了。」我說：「我喜歡雨天。」我低頭看著地面。「對不起。」

他用手端起我的下巴，把我的臉抬了起來。「夏日男孩。」他說。

我喜歡他看我的樣子。我覺得他是世界上最善良的人。也許每個人都很善良，也許就連我爸也是。但昆塔納先生很勇敢，他不在乎別人知道他善良。但丁跟他爸爸一樣。

我問但丁他爸爸有沒有生氣過。

「他不太常生氣，幾乎不生氣。但他真的生氣的時候，我通常都會躲得遠遠的。」

「他會生氣什麼事？」

「我有一次把他的論文都丟掉了。」

「什麼？」

「因為他那時候都不理我。」

「你那時候幾歲？」

「十二。」

「所以你是故意惹他生氣的。」

「算是吧。」

我突然開始咳嗽起來。我們驚慌地對看一眼。「熱茶。」但丁說。

我點點頭。好主意。

我們坐在那裡喝茶，看著雨落在他家的前廊上。天空已經幾乎全黑，冰雹開始落下。看起來好美又好可怕，我想知道暴風雨背後的科學，也想要知道為什麼有時暴風雨像是要摧毀這個世界，但世界卻拒絕垮下。

我瞪視著外頭的冰雹，但丁拍了拍我的肩膀。「我們得談談。」

「談談。」

「說說話。」

「我們每天都說話啊。」

「對，但是，我指的是真正的那種。」

「說什麼？」

「你知道，就是說我們的事。我們的爸媽。之類的。」

「有沒有人說過你不正常？」

「我應該要追求正常嗎？」

「你真的不正常。不正常。」我搖著頭。「你到底是怎麼蹦出來的？」

「我爸媽有一天晚上上床了。」

我幾乎可以想像他爸媽上床——這感覺有點奇怪。「你怎麼知道是晚上？」

「說得好。」

我們爆笑起來。

「好吧。」他說：「我很認真。」

「這是個遊戲嗎？」

「對。」

「那我跟你玩吧。」

「你最喜歡什麼顏色？」

「藍色。」

「我是紅色。最喜歡的車呢？」

「我不喜歡車。」

「我也不喜歡。最喜歡的歌？」

「沒有，你呢？」

「《漫漫曲折路》（The Long and Winding Road）。」

「《漫漫曲折路》？」

「披頭四呀，亞里。」

「我不知道。」

「是一首很好的歌，亞里。」

「這遊戲好無聊。我們是在面試嗎？」

「之類的。」

「我在應徵什麼職位？」

「最好的朋友。」

「我以為我已經得到這份工作了。」

「不要這麼有把握，你這個傲慢的王八蛋。」他伸過手來打了我一拳，力道不大，但也不輕。

這使我笑了起來。「說得好。」

「有時候，你不會想要站起來，把你所有學會的髒話都罵一輪嗎？」

「每天都想。」

「每天？你比我還糟糕。」他看著冰雹。「看起來好像老天在尿雪喔。」他說。

這使我笑了起來。

但丁搖搖頭。「我們太乖了，你知道嗎？」

「什麼意思？」

「我們的爸媽把我們變成乖小孩了。我討厭這樣。」

「我不覺得我很乖。」

「你有加入幫派嗎？」

「沒有。」

「你有吸毒嗎？」

「沒有。」

「你喝酒嗎？」

「我很想啊。」

「我也是。但我不是在問這個。」

「我不喝酒的。」

「你做過愛嗎？」

「做愛？」

「做愛，亞里。」

「從來沒有，但丁。但我想試試。」

「我也是。你懂我的意思了嗎？我們很乖。」

「真的很乖。」我說：「靠。」

「靠。」他說。

然後我們放聲大笑。

整個下午，但丁都在朝我拋來一個又一個的問題，我一一回答。等到冰雹和大雨停止後，悶熱的天氣突然變得涼爽。整個世界似乎靜了下來，而我想要成為這個世界、享受同樣的感覺。

但丁從前廊的階梯上站了起來，走到人行道上。他對著天空舉起雙手。「這裡好美。」他說。他轉過來。「我們去散步吧。」

「我們的網球鞋。」我說。

「爸拿去烘乾了。誰在乎啊？」

「對啊，誰在乎？」

我知道我以前就這樣做過，光著腳在潮溼的人行道上走著，我知道我也感覺過微風打在臉上的感覺。但我覺得我好像從來沒有這麼做過。好像這是第一次發生的。

但丁說著話，但我沒有在聽。我盯著天空和黑暗的雲朵，我聽著遠處的雷聲。

我看向但丁，微風在他的黑長髮裡飛舞。

「我們要離開一年。」他說。

我突然難過起來。不，不完全是難過。我覺得自己好像被人打了一拳。「離開？」

「對。」

「為什麼？我是說，什麼時候？」

「我爸要去芝加哥大學當客座教授一年。我覺得他們有興趣聘用他。」

「這樣真好。」我說。

「對啊。」他說。

我原本很快樂，但就這樣，我又難過了。我無法忍受自己有多麼難過。我沒有看他。我只是抬眼看著天空。「這樣真的很好。你們什麼時候要走？」

「八月底。」

六週。我微笑。「這樣真好。」

「你一直說『這樣真好』。」

「嗯，是這樣沒錯。」

「對，是這樣沒錯。」

「我要離開，你不會難過嗎？」

「為什麼我要難過？」

他微笑，而我不知道，他臉上的表情讓我看不出他在想什麼、或有什麼感覺。

這實在太奇怪了，因為但丁的臉就像是一本全世界的人都讀得懂的書。

「你看。」他說。他指著一隻停在路中央的鳥，牠正努力想飛起來。我看得出來，牠一邊的翅膀斷了。

「牠要死了。」我低語。

「我們可以救牠。」

但丁走到街道中央，試著把鳥撿起來。我看著他撿起那隻驚慌的鳥。那是我記得的最後一件事，然後一輛車突然轉過了街角。**但丁！但丁！**我知道那幾聲尖叫是來自於我的內心。**但丁！**

我記得自己認為那是一場夢。全部都是。只是另一場惡夢罷了。我一直認為世界要毀滅了。我想著從天上落下的麻雀。

但丁！

夏天的尾聲

「你還記得
那年夏天的雨……
你得讓想墜落的一切都墜落。」

——凱倫・費雪（Karen Fisher）

第一章

我記得那輛車從街角衝了出來，而但丁站在路當中，手中捧著一隻斷了翅膀的鳥。我記得冰雹過後溼滑的街道。我記得我尖叫著他的名字。**但丁！**

我在病房中醒來。

我的兩隻腳都上了石膏。

我的左手臂也是。一切似乎都離我好遙遠，而我全身疼痛。我一直想著，**發生了什麼事？**我的頭悶痛著。**發生了什麼事？發生了什麼事？**就連我的手指都在痛。我發誓這是真的。我覺得自己像是剛結束一場足球比賽。靠。我一定是發出了呻吟聲，因為突然間，我爸媽就出現在病床邊。我媽正在哭。

「不要哭。」我說。我的喉嚨無比乾澀，聲音聽起來一點也不像我。我聽起來像是別人。

她咬著嘴唇，伸過手來，用手指梳著我的頭髮。

我只是看著她。「不要哭，好嗎？」

「我好怕你再也醒不過來了。」她趴在我爸爸的肩膀上啜泣。

一部分的我開始認知到周圍的狀況，另一部分的我只想躲去別的地方。也許這一切都不是真的，但這是真的。真的。感覺不像是真的。只是我全身痛到不行。這點**倒是**真的。這是我這輩子所知最真實的事了。

「好痛。」我說。

然後我媽關閉了她的眼淚，再度變回了原本的她。我很高興。我討厭看她軟弱哭泣、逐漸崩壞的樣子。不知道我哥哥被抓去坐牢時，她是不是也是這樣。她按了一下我點滴架上的一個按鈕——然後把按鈕遞給我。「如果你很痛的話，每過十五分鐘，你就可以按一下。」

「這是什麼？」

「嗎啡。」

「過了這麼久，我終於可以吸毒了。」

她忽略我的玩笑。「我去找護理師過來。」我媽總是會採取行動。我喜歡她這一點。

我環顧四周，不知道我為什麼會醒來。我一直在想，如果我可以再睡回去，我就不會這麼痛了。我寧可選擇惡夢，也不要這股疼痛。

我看向爸爸。「沒事的。」我說：「一切都沒事。」我不相信自己說的話。

我爸臉上掛著嚴肅的微笑。「亞里，亞里。」他說：「你是這世界上最勇敢的孩子。」

「我不是。」

「你是。」

「我做惡夢都被嚇得半死，爸爸。記得嗎？」

我愛他的微笑。為什麼他不能隨時隨地都在笑？

我想要問他發生什麼事，但我很害怕。我不知道……我的喉嚨乾澀，我沒辦法說話，然後我在突然之間都回想起來了。但丁手中握著一隻受傷的鳥，那個畫面突然閃過我的腦海。我喘不過氣，我很害怕，我想也許但丁已經死了，而我心中充滿了驚慌。我可以感覺到一個可怕的東西在我心中蠢蠢欲動。「但丁？」我聽見自己說出他的名字。

護理師站在我身邊。她的聲音很好聽。「我要來量你的血壓了。」她說。我只是躺在那裡，讓她做她想做的事。我不在乎。她露出微笑。「你還痛嗎？」

「還好。」我低語。

她笑了起來。「你把我們大家都嚇壞了，年輕人。」

「我喜歡嚇人。」我低語。

我媽搖著頭。

「我喜歡嗎啡。」我說。我閉上眼。「但丁？」

「他沒事。」我媽說。

我睜開眼。

我聽見爸爸的聲音。「他很害怕。他真的很害怕。」

「但他沒事嗎？」

「對，他沒事。他一直在等你醒來。」我爸媽對看一眼。我聽見我媽的聲音。「他在這裡。」

他還活著。但丁。我感覺到自己吐出一口氣。「他手上的那隻鳥呢？」

我爸伸出手來，握了握我的手。「兩個小瘋子。」他低聲說：「瘋狂的小瘋子。」

我看著他離開病房。

我媽只是盯著我看。

「爸去哪裡了？」

「他去找但丁過來。他還沒有離開。他過去三十六個小時都在這裡——等著你——」

「三十六小時？」

「你開刀了。」

「開刀？」

「他們得接合你的骨頭。」

「好喔。」

「你會有很多條疤。」

「好喔。」

「你在手術後有醒來一下。」

「我不記得了。」

「你很痛。他們給了你一種藥，然後你就又昏迷了。」

「我都不記得。」

「醫生有說你可能會忘記。」

「我有說什麼嗎？」

「你只是呻吟。你有問但丁的事。他不肯走，他是個非常頑固的年輕人。」

這使我微笑起來。「嗯，對。每次吵架都是他贏。就像我跟妳吵架的時候一樣。」

「我愛你。」她低聲說：「你知道我有多愛你嗎？」

她說的方式很溫柔，她好久沒有這樣對我說了。

「我更愛妳。」我小時候都會這樣回答她。

我以為她又要再哭了，但是她沒有。嗯，她眼中還有眼淚，但她沒有再哭了。

她給我一杯水，我用吸管喝了一點點。「你的腿。」她說：「車子輾過了你的腿。」

「不是那個駕駛的錯。」我說。

她點點頭。「你的外科醫師很棒。所有的斷骨都是在膝蓋以下。天啊——」她停了下來。「他們以為你要截肢了——」她又停了下來，把淚水從臉上抹去。「我永遠都不會讓你離開屋子了。永遠不准。」

「法西斯主義者。」我低語。

她吻了吻我。「你是個貼心又美麗的孩子。」

「我沒那麼貼心，媽。」

「不要跟我爭。」

「好。」我說：「我很貼心。」

她又哭了起來。

「沒事的。」我說：「一切都沒事。」

但丁和我爸走進房裡。

我們對看一眼，露出微笑。他的左眼上方縫了幾針，左臉也全是擦傷。他有著深深的黑眼圈，右手也打著石膏。「嗨。」他說。

「嗨。」我說。

「我們算是平手吧。」他說。

「我贏了。」我低語。

「終於，你贏了一次。」

「對，終於。」我說：「你看起來爛透了。」

他就站在我身邊。「你也是。」

我們只是對視著。「你聽起來很累。」他說。

「對啊。」

「我很高興你醒了。」

「對，我醒了。但我睡覺的時候比較不痛。」

「你救了我的命，亞里。」

「但丁的英雄。這正是我的人生目標啊。」

「不要這樣，亞里。不要開玩笑。你差點害死自己。」

「我不是故意的。」

他開始哭泣。但丁和他的眼淚。但丁和他的眼淚。「你推開我。你推開我，救了我的命。」

「比較像是我推開你，把你的臉都打爛了。」

「我現在也有一點特徵了。」他說。

「都是那隻該死的鳥。」我說：「我們可以把錯都怪在那隻鳥上。整件事都是。」

「我已經受夠鳥了。」

「你才沒有。」

他又開始哭。

「別哭了。」我說：「我媽一直哭，現在你也在哭——就連爸都看起來快要哭了。規則。我的規則。不准哭。」

「好。」他說：「不會再哭了。男生不該哭的。」

「男生不該哭的。」我說：「眼淚讓我覺得很累。」

但丁笑了起來，然後他變得很嚴肅。「你撲過來的樣子，就像你在泳池跳水一樣。」

「我們不需要談這件事。」

他只是繼續說下去。「你撲過來，就像是——我不知道——就像美式足球員撲向持球的人那樣，然後你把我推開。事情發生得好快，但是你好像——我不知道——你就是知道該怎麼辦。只是你很可能會害死自己的。」我看著淚水從他臉頰落下。

「都是因為我是個白痴，站在路當中，試著救一隻笨鳥。」

「你又打破不准哭的規則了。」我說：「而且鳥才不笨。」

「我差點害死你。」

「你沒有害我。你只是在做自己。」

「以後我再也不會碰鳥了。」

「我喜歡鳥。」我說。

「我放棄鳥了。你救了我的命。」

「我說過了，我不是故意的。」

這使大家都笑了起來。天啊，我好累，而且好痛，我記得但丁握了握我的手，一次又一次地說：「對不起對不起亞里亞里亞里原諒我原諒我。」

我猜手術完和嗎啡的後遺症使我有點亢奮了。

我記得自己低聲哼唱著。「啦吧吧」。我知道但丁和我爸媽都還在房裡，但我無法保持清醒。

我記得但丁握著我著的手。我記得自己想著：**原諒你？原諒什麼，但丁？你有什麼要我原諒的？**

我不知道為什麼，但夢裡下著雨。

我和但丁赤著腳。雨就是不肯停。

而我很害怕。

第二章

我不知道自己在醫院裡多久。幾天吧。四天。也許五天。六天。要命，我不知道。感覺像是一輩子。

他們做了很多測試。他們在醫院裡都在做這些事。他們要確保我沒有其他內傷，尤其是腦部損傷。有一名神經科的醫師進來看我。我不喜歡他。他的頭髮很黑，雙眼是深綠色，而且不喜歡看著人。他似乎不在乎。或者他太過在乎了。但重點是，他不太會和人相處。他不太常和我說話。他做了很多筆記。

我發現護理師很喜歡閒聊，也熱愛幫你測量各種數值。他們就喜歡這樣做。他們會給你吃藥入睡，然後整晚不停地叫你起床。靠。我想睡覺。我想要睡覺，然後醒來的時候就發現我的石膏都拆掉了。我就跟其中一個護理師這樣說：「妳不能讓我一路睡到拆石膏的時候嗎？」

「小笨蛋。」護理師說。

對。小笨蛋。

我記得一件事：我的病房裡塞滿了花。我媽教會的姊妹送來的花。但丁爸媽送來的花。我姊姊們送來的花。鄰居送來的花。我媽花園裡的花。花。靠。我對花從來沒有意見，直到現在。我決定，我不喜歡花。

我滿喜歡我的外科醫師。他常常提到運動傷害。他還算年輕，我看得出來他是運動員，你知道，就是那種高大的美國人，手很大、手指很長，而我一直在思考他的手。他的手像是鋼琴家的手。我記得自己這麼想到。但我對鋼琴家或是外科醫師的手一無所知，而我記得自己夢到他的手。他的雙手。在我的夢中，他治好了但丁的鳥，將牠釋放到夏季的天空中。那是個好夢，我不太常做好夢。

查爾斯醫生。那是他的名字。他知道自己在做什麼，他是好人。對，我是這樣想的。他會回答我所有的問題，而我有好多問題。

「我的骨頭有打鋼釘嗎？」

「有。」

「永久的嗎？」

「對。」

「然後你不用再幫我開刀了嗎？」

「希望不會。」

「真會說大話喔，醫生？」

他笑了起來。「你是個堅強的傢伙，對不對？」

「我覺得我沒有很堅強。」

「嗯，我覺得你有。我覺得你超堅強的。」

「是嗎？」

「我一直都在。」

「真的嗎？」

「是，真的，亞里斯多德。我可以跟你說一件事嗎？」

「叫我亞里。」

「亞里。」他微笑。「我很驚訝你在手術時的表現那麼好，我也很驚訝你現在表現得這麼好。真的很不可思議。」

「是運氣和基因問題。」我說：「我爸媽的基因。我的運氣，嗯，我也不知道是哪裡來的。也許是上帝吧。」

「你信教嗎？」

「我不算是。我媽有。」

「嗯，對。媽媽和上帝的關係通常都還不錯。」

「我猜是吧。」我說：「我什麼時候才會感覺不那麼不舒服？」

「馬上就好了。」

「馬上？我要這樣又痛又癢地過八個星期嗎？」

「會越來越好的。」

「當然，如果我的腿是膝蓋**以下**斷裂，為什麼我的石膏要打到膝蓋**以上**？」

「我只是想要讓你固定不動兩三週。我不想要你彎動膝蓋，這樣你可能會再受傷。堅強的人都會把自己逼過頭。幾週之後，我就會換掉你的石膏。然後你就可以把腿彎起來了。」

「靠。」

「靠？」

「幾週？」

「我們就給它三週的時間吧。」

「三週不能把腳彎起來？」

「其實這樣也沒有很久。」

「現在是夏天耶。」

「然後我會讓你去做復健。」

我深吸一口氣。「靠，那這個呢？」我邊說，邊把我手臂上的石膏對準他。我開始覺得很憂鬱了。

「那邊的挫傷不太嚴重。一個月之後就可以拆掉了。」

「一個月？靠。」

「你很喜歡那個字，對不對？」

「我更喜歡其他的字。」

他微笑。「說『靠』就夠了。」

我想哭。真的。也許我是生氣又挫折，而且我知道他會叫我有點耐心。他真的就這麼說了。

「你只是需要有點耐心。你很年輕，你很強壯，你的骨頭強壯又健康。我很有信心，你會恢復得很好的。」

恢復得很好。耐心。靠。

他檢查了我腳趾的反應、測量了我的呼吸，叫我用左眼跟著他的手指移動，然後換右眼。「你知道。」他說：「你為你朋友但丁做了一件大事。」

「聽著，我希望大家都不要再講那件事了。」

他看著我。他臉上掛著那種表情。「你可能會半身不遂的。或者更糟。」

「更糟？」

「年輕人，你可能會死的。」

死。好吧。「大家都這樣說。你看，醫生，我還活著。」

「你不喜歡當英雄，是不是？」

「我告訴過但丁，我不是故意的。每個人都覺得這樣說很好笑。但我不是在開玩笑。我根本不記得我有朝他撲過去。我沒有告訴自己說，**我要救我的朋友但丁**。不是這樣的。那只是個反射，你知道，就像某個人打了你的膝蓋下面，產生膝跳反應而已。你的腿會自己動。就只是這樣。那是自己發生的。」

「只是個反射？自己發生的？」

「沒錯。」

「而你一點責任也沒有嗎？」

「這就只是那種狀態。」

「只是那種狀態？」

「對。」

「我有個不一樣的理論喔。」

「當然了——你是個大人。」

他笑了起來。「你對大人有什麼意見？」

「大人都對我們有太多意見和點子了。或者我們該成為怎樣的人。」

「那是我們的工作。」

「很好啊。」我說。

「很好。」他說：「聽著，小子。我知道你不覺得自己勇敢或是英勇，你當然不會這樣想了。」

「我只是個普通人。」

「對，你是這樣看待自己的。但是你從一輛衝過來的車子前，把你朋友推開。那是你做的，亞里。而且你沒有考慮你自己，也沒有想過你會發生什麼事。你會這麼做，就是因為你是這樣的人。如果我是你，我會好好思考這一點。」

「為什麼要？」

「你想想就是了。」

「我不覺得我想要想這麼多事。」

「好吧，但我想告訴你，亞里，我覺得你是個很難得的年輕人。我是這麼想的。」

「我說過了，醫生，那只是個反射。」

他對我咧嘴一笑，一手搭在我肩上。「我知道你這種人，亞里。我看穿你了。」

我不知道他是什麼意思。但他在微笑。

在和查爾斯醫生的那場對話之後，但丁的爸媽就來看我了。昆塔納先生直接走到我身邊，吻了吻我的臉頰，好像這件事很普通一樣。我想對他來說是很普通。說真的，我覺得那個舉動是很不錯，你知道，很貼心，但這使我有一點不舒服。我不習慣這樣。他一次又一次地感謝我。我想要叫他停止。但我只是讓他繼續說下去，因為我知道他有多愛但丁，而他好高興。我很高興他現在心情很好，所以沒關係。

我想要轉移話題。我是說，我沒有什麼好說的。我的身體有夠不舒服。但他們是來看我的，我也能說話，你知道，我還是可以吸收和理解事情，雖然我的腦子還是有點迷茫。於是我說：「所以，你們會去芝加哥一年？」

「對。」他說：「但丁還沒有原諒我。」

我只是看著他。

「他還是很生氣。他說我們沒有和他商量。」

這使我微笑起來。

「他不想要離開游泳隊一年。他說他可以和你住一年。」

這讓我很驚訝。但丁內心所藏的祕密比我想得還多。我閉上眼。

「你還好嗎，亞里？」

「我的腿有時候癢到讓我抓狂，所以我就閉上眼睛。」

他臉上掛著非常慈祥的表情。

我沒有告訴他，我的新嗜好是在腿癢到無法忍受時，就在腦中想像我哥哥的模樣。「總之，能說說話還是好事。」我說：「這可以轉移我的注意力。」我睜開眼。

「所以但丁在生你的氣。」

「嗯，我告訴他，我不可能把他拋下一年的。」

我想像但丁用那種眼神看著他爸爸。「但丁很頑固。」

我聽見昆塔納太太的聲音。「那是遺傳我的。」

這使我微笑起來，我知道這是真的。

「你知道我怎麼想的嗎？」她說：「我覺得但丁會想你。我覺得這才是他不想離開的真正原因。」

「我也會想他。」我說。我很後悔我這麼說了。好啦，這是真的，但我不需要說出口的。

他爸爸看著我。「但丁的朋友不多。」

「我一直以為大家都喜歡他。」

「是真的。大家都喜歡但丁，但他一直都是個獨行俠。他似乎跟大家都處不來。他一直都是那樣。」他對我微笑。「跟你一樣。」

「也許吧。」我說。

「你是他最好的朋友。我覺得你該知道這一點。」

我不想知道。我不知道我**為什麼**不想知道。我對他微笑。他是個好人。他正在對我說話，對我，對亞里。而雖然我不想要和他談這個話題，但我知道我得順著他說下去。世界上的好人沒幾個了。

「你知道，仔細想想，我其實是個無聊的人。不知道但丁看上我哪一點。」真不敢相信我居然對他們這麼說。

昆塔納太太一直都站在比較遠的地方，此時，她走過來，站在她丈夫身邊。「你為什麼會這麼想，亞里？」

「什麼？」

「你為什麼會覺得你很無聊？」

天啊，我想，**心理治療師出現了**。我只是聳聳肩。我閉上眼。好，我知道我睜開眼時，他們還是會繼續在那裡。但丁和我註定要被在乎的父母糾纏。為什麼他們就是不能放過我們？那些太忙、太自私，或是完全不在乎自己兒子在幹麼的父母都在做什麼？

我決定再度睜開眼睛。

我知道昆塔納先生本來要說點什麼，我可以感覺到。但也許他意識到了什麼，我不知道。最後他什麼都沒再說。

我們開始講起芝加哥。我很高興我們不再討論我或但丁或是發生的事。昆塔納先生的大學幫他們找到了一間小房子。昆塔納太太會向治療中心請八個月的假，所以他們不會離開一整年，只是一個學年而已。時間不算太久。

我不記得昆塔納夫妻說的每一件事了。他們好努力，而一部分的我很高興他們來了，但另一部分的我是一點也不在乎。而且，當然，對話又再度回到我和但丁身上了。昆塔納太太說，她會帶但丁去做諮商。「他很難過。」她說，也許我也可以去做做諮商。對，心理治療師就是會這麼說：「我很擔心你們兩個。」她說。

「妳應該要跟我媽一起喝個咖啡。」我說：「妳們可以一起擔心。」昆塔納先生覺得很好笑，但我並不是說來搞笑的。昆塔納太太對我咧嘴而笑。「亞里斯多德·曼杜沙，你一點都不無聊。」

一會之後，我累到沒有辦法集中精神了。

我不知道我為什麼無法忍受昆塔納先生和我告別時，眼中的感激之情。但真正讓我無法忘懷的，是昆塔納太太。她和她丈夫不一樣，她不是那種會讓大家看出她內心感覺的女人。她還是很慈愛，也非常得體。她當然是了。只是當但丁說他媽媽深不可測時，我完全知道他是什麼意思。

在她離開之前，昆塔納太太用兩手捧著我的臉，直視著我的雙眼，然後低語：「亞里斯多德·曼杜沙，我會永遠愛著你。」她的語調溫柔、肯定又強烈，眼中沒有一滴淚水。她的用詞真誠而冷靜，她直視著我，因為她希望我知道，她說的每一個字都是真心誠意的。

我是這麼理解的：像昆塔納太太這樣的女人，她不會輕易把「愛」說出口。她說出這個字時，她就是真心的。我還知道：但丁的媽媽比他想像的還要愛他。我不知道我要拿那個資訊怎麼辦，所以我只是藏在心中。

這就是我面對一切的方法。藏在心中。

第三章

我接到但丁打來的電話。「對不起，我沒有去看你。」他說。

「沒關係。」我說：「我也沒有什麼心情說話。」

「我也是。」他說：「我媽和我爸有沒有把你累死？」

「沒有，他們人很好。」

「我媽說我得去做諮商。」

「對，她有說。」

「你會去嗎？」

「我哪都不會去。」

「你媽和我媽，她們有聊過。」

「我想也是。所以你會去嗎？」

「我媽覺得某件事情是好主意的話，我是不可能逃得掉的。最好安安靜靜地照著做。」

這使我笑了起來。我想知道他會怎麼跟諮商師說，但我覺得我也不是真的很想知道：「你的臉怎麼樣？」我說。

「我喜歡盯著看。」

「你真的很奇怪，或許你去做諮商真的是個好主意。」

我喜歡聽他的笑聲，這使一切都顯得正常許多。一部分的我以為事情再也不會變正常了。

「還是很痛嗎，亞里？」

「我不知道。我感覺好像腿才是主人。我什麼都沒辦法想。我只想要把石膏扯掉，還有，靠，我也不知道。」

「都是我的錯。」我討厭他的語調。

「聽著。」我說：「我們可以訂下一些規則嗎？」

「規則？更多規則。你是說像不准哭那種嗎？」

「沒錯。」

「他們不讓你用嗎啡了嗎？」

「對。」

「你只是心情不好而已。」

「這跟我心情無關。是規則。我不知道這有什麼好大驚小怪的——你很愛規則。」

「我討厭規則。我大多時候都比較喜歡打破它們。」

「不，但丁，你喜歡設立屬於你的規則。只要規則是你訂的，你就喜歡。」

「噢，所以你現在在分析我囉？」

「你看，你不需要做諮商。你有我就好了。」

「我會跟我媽說。」

「再跟我說她是怎麼說的。」我想我們都露出了微笑。「聽著，但丁，我只是想說，我們得訂下一些規則。」

「手術後規則嗎？」

「如果你想的話，也可以這麼說。」

「好吧，所以有哪些規則？」

「第一條：我們不談那場意外。永遠不准。第二條：不准再說謝謝了。第三條：整件事都不是你的錯。第四條：我們放下吧。」

「我覺得我不喜歡這些規則，亞里。」

「你去跟諮商師說吧，但規則就是這樣。」

「你聽起來很生氣。」

「我沒有生氣。」

我知道但丁在思考，他知道我是認真的。「好吧。」他說：「我們不會再討論這個意外了。這規則很蠢，但是好吧。那我可以再說最後一次『對不起』嗎？我可以再說一次『謝謝』嗎？」

「你剛說完了。不要再說了，好嗎？」

「你在翻白眼嗎？」

「對。」

「好，不准說了。」

那天下午，他搭公車來探望我。他看起來，嗯，不太好。他試著假裝看著我並不會讓他難過，但他永遠都藏不住自己的感覺。「不要為我感到難過。」我說：「醫生說我會恢復得很好的。」

「恢復得很好？」

「他就是這樣說的。所以給我八週、十週、十二週，我就會變回原本的我了。但我原本那樣也沒什麼好的就是了。」

但丁笑了起來，然後他看著我。「你會提出不准笑的規則嗎？」

「大笑永遠都是好事。笑是可以的。」

「很好。」他說。他坐了下來，從背包裡拿出一些書。「我帶了你的閱讀素材。《憤怒的葡萄》和《戰爭與和平》。」

「真好。」我說。

他看了我一眼。「我也可以買更多花給你。」

「我討厭花。」

「不知道為什麼，我早猜到了。」他對我咧嘴一笑。

我瞪視著書。「這些書都他媽的好厚。」我說。

「這就是重點。」

「我猜我有的是時間。」

「沒錯。」

「你都讀過了嗎？」

「當然讀過了。」

「你當然讀過了。」

他把書放在我的床邊櫃上。

我搖搖頭。對。時間。靠。

他拿出他的素描簿。

「你要畫我打石膏的樣子嗎？」

「不，我只是想說，你可能會想看我的素描。」

「好。」我說。

「不要太興奮喔。」

「不是，我的痛是一陣一陣的。」

「現在會痛嗎？」

「會。」

「你有在吃藥嗎？」

「我努力不要吃藥。不管他們給我的是什麼，我很討厭它的副作用。」我按了床邊的按鈕，好讓我能坐起身。我想要說「我討厭這樣」，但我沒有。我想要尖叫。

但丁把素描簿遞給我。

我開始翻開封面。

「你可以等我走了再看。」

我猜我臉上寫了個問號。

「你有規則，我也有。」

能笑一笑真好。我希望我能一直笑、一直笑、一直笑，直到我笑成別人為止。最棒的是，大笑可以讓我忘記腿上奇怪又可怕的感覺，就算只有一分鐘也好。

「跟我說說公車上的人吧。」我說。

他露出微笑。「公車上有一個人跟我說了羅斯威爾外星人的事。他說……」我覺得我並沒有真的在聽他說故事。我想，光是聽到但丁的聲音就夠了。就像是在聽一首歌。我一直在想那隻斷了翅膀的鳥，沒有人告訴我那隻鳥發生了什麼事。我甚至不能問，因為那樣我就會違反自己說不准談那個意外的規則。但丁一直在講公車上的那個人和羅斯威爾外星人，還有某些人逃來艾爾帕索、並打算占據整個交通系統的事。

我看著他，接著一個念頭爬進我的腦海裡，告訴我我討厭他。

他讀了幾首詩給我聽。我猜都是好詩。我沒有心情。

他終於離開後，我瞪視著他的素描簿。他從來不讓別人看他的圖，現在他卻讓我看了。我耶。亞里耶。

我知道他會讓我看，只是因為他很感激。

我討厭他的感激。

但丁覺得他欠我。我不想要這個。我想要的不是這個。

我拿起他的素描簿，甩向房間的另一端。

第四章

我運氣很好，就在但丁的素描簿撞上牆時，我媽正好走了進來。

「你想要告訴我剛才那是怎樣嗎？」

我搖搖頭。

我媽撿起素描簿。她坐了下來，準備翻開。

「不要這樣。」我說。

「什麼？」

「不要看。」

「為什麼？」

「但丁不喜歡別人看他畫的圖。」

「只有你可以看嗎？」

「我猜是吧。」

「那你為什麼要把它丟掉？」

「我不知道。」

「我知道你不想談這件事，亞里，但是我覺得——」

「我不想知道妳的想法，媽。我不想說話。」

「你什麼都藏在心裡，這樣對你不好。我知道這很不容易。接下來的兩三個月也會非常辛苦。但你把什麼都悶著，不會幫助你療傷的。」

「嗯，也許妳該帶我去做諮商，讓我談談我的困境。」

「你諷刺我，我是聽得出來的。我也不覺得做諮商是個壞主意。」

「妳和昆塔納太太做了黑箱決定嗎？」

「你很聰明。」

我閉上眼，再度張開。

「我和妳做個交易，媽。」

我幾乎可以嘗到我舌頭上的怒火。我發誓。

「妳跟我說哥哥的事，我就告訴妳我的感覺。」

我看見她臉上的表情，她看起來驚訝又受傷，還有憤怒。

「你哥跟這一點關係也沒有。」

「妳覺得只有妳和爸可以把話藏著不說嗎？爸藏了一整場戰爭，我也可以把話藏在心裡。」

「這是兩碼子事。」

「在我看來可不是這樣。妳去做諮商，爸也去做諮商。也許在那之後，我就會去做諮商了。」

「我去買杯咖啡。」她說。

「妳慢慢來。」我閉上眼。

我想這大概會是我的新嗜好。我沒辦法氣到奪門而出，我只能閉上眼，把全宇宙擋在外面。

第五章

我爸每天晚上都來看我。

我想要他離開。

他試著和我對話，但都聊不下去。他幾乎就只是坐在那裡，這快要把我逼瘋了。我腦中出現一個想法。「但丁留了兩本書給我。」我說：「你想要讀哪一本？我就讀另外一本。」

他選了《戰爭與和平》。

《憤怒的葡萄》對我來說還可以。

這樣其實也不差，我和我爸坐在一間病房裡，一起看書。

我的腿癢到快發瘋了。

有時候，我只會躺著呼吸。

看書還有點幫助。

有時候，我知道我爸在看著我。

他問我還會不會做惡夢。

「會。」我說：「現在我開始在找我的腿了。」

「你會找到的。」他說。

我媽再也沒有提起我哥哥的那個話題，她只是假裝那個對話沒有發生過，我不確定我有什麼感覺。好處是，她沒有再逼我說話了。但，你知道，她就是待在這裡，試著想要讓我再更舒服一點。**我一點都不舒服**。兩腿都打著石膏，誰有辦法舒服啊？我什麼事都需要別人幫忙，我已經厭倦了尿盆，也受不了一直坐輪椅。我最好的朋友就是輪椅。我最好的朋友是我媽。她快要把我逼瘋了。「媽，妳一直在我身邊打轉，妳會逼我對妳罵髒話的。真的。」

「你不准對我說那種話。」

「如果妳再不停止，媽，我發誓我一定會說。」

「你為什麼要一直演得好像自己很聰明？」

「我沒有在演戲，媽。我不是在拍戲。」我很絕望。「媽，我腿很痛，不痛的時候又很癢。他們又不讓我用嗎啡——」

「這樣是好事。」我媽打斷我。

「好啦，對，媽。我們可不能放著一個小癮君子跑來跑去，對吧？」好像我可以跑來跑去一樣。「靠，媽，我只想要一個人靜一靜。這樣可以嗎？我可以只是靜一靜就好嗎？」

「好。」她說。

在那之後，她就留給我比較多空間了。

但丁沒有再回來看我。他一天會打兩次電話來問候我。他生病了，是流感。我為他感到難過，他聽起來超級糟。他說他做惡夢，我說我也做惡夢。有一天他打來，說：「我想要跟你說一件事，亞里。」

「好。」我說。

然後他什麼也沒說。

「什麼？」我說。

「沒什麼。」他說：「不重要啦。」

我想那大概非常重要。「好。」我說。

「真希望我們可以再去游泳。」

「我也是。」我說。

我很高興他打來了，但我也很高興他沒辦法來看我。我不知道為什麼，因為某些原因，我認為：我的人生要變得不一樣了，而我不斷重複這樣告訴自己。我想像著失去雙腿的感覺。就某方面來說，我確實失去了雙腿。不是永遠，只是一小段時間。

我試著用拐杖，但行不通。雖然護理師和我媽都已經警告過我了，但我想我只是需要自己見證看看。我的雙腿完全不能彎，我的左臂又打著石膏，根本就行不通。做什麼事都好難。對我來說，最糟糕的事是我得用尿盆。我猜你可以說，我覺得那樣很羞恥。就是那個詞。我甚至沒辦法洗澡——我也沒有兩隻手可用。但至少我全部的手指都可以用。我猜這還不算太糟。

我開始練習伸著雙腿用輪椅，我把輪椅取名叫費朵。

查爾斯醫生最後一次來看我。

「你想過我跟你說的話了嗎？」

「有。」

「然後呢？」

「我覺得你選擇當外科醫師真是太對了，你一定會是個很爛的心理治療師。」

「所以你就想當個小混蛋，對吧？」

「一直都是。」

「嗯，你可以回家，在家裡當個小混蛋。聽起來如何？」

我想要抱他，我好快樂。我快樂了十秒鐘，然後我就開始感到無比焦慮。我教育了我媽一頓。「我們回家之後，妳就不可以在我身邊一直打轉了。」

「你怎麼這麼喜歡訂規則，亞里？」

「不准打轉。就這樣。」

「你會需要幫忙。」她說。

「但我也會需要獨處。」

她對我微笑。「老大哥會盯著你的。」

我回應她的微笑。

即使是在我想要討厭我媽的那些時刻，我依然很愛她。我不知道十五歲的男生愛自己的媽媽正不正常。也許是，也許不是。

我記得自己爬上車，我得在後座上躺平。我大費周章才進得了車內，還好我爸很強壯。一切都好困難，而我爸媽好怕會弄傷我。

車上沒有人說話。

我看著窗外，尋找著鳥。

我想要閉上眼，讓這股沉默把我整個人吞噬。

第六章

回家後的隔天，我媽幫我洗了頭。「你的頭髮好美。」她說。

「我想我會把它留長吧。」我說。好像我有得選一樣。去理髮店的路程一定會是一場惡夢。

她幫我擦澡。

我閉上眼，坐著一動也不動。

她幫我刮鬍子。

她離開房間後，我崩潰了，開始啜泣。我從來沒有這麼哀傷過。我從來沒有這麼哀傷過。我從來沒有這麼哀傷過。

我的心甚至比腿還要痛。

我知道我媽聽見了。她至少知道要讓我一個人哭一哭。

我幾乎一整天都看著窗外。我練習在家裡靠輪椅移動。我媽一直重新調整家具，讓一切更容易一點。

我們很常對對方微笑。

「你可以看電視啊。」她說。

「腦子會爛掉。」我說：「我有一本書。」

「你喜歡嗎？」

「嗯，有點難懂。不是文字很難，而是，妳知道，它的內容。我猜墨西哥人不是世界上唯一的窮人吧。」

我們對看著。我們沒有露出微笑，但我們的內心正在對對方微笑。

我姊姊們回來吃晚餐，我的外甥和外甥女在我的石膏上簽名。我想我面帶微笑，大家說笑著，一切感覺都好正常。而我很為我爸媽高興，因為我覺得是我讓整間屋子都變得那麼哀傷的。

姊姊們走後，我問爸爸能不能在前廊上坐坐。

我坐在費朵上。我爸媽坐在他們的室外搖椅上。

我們喝著咖啡。

我媽和我爸牽著手。不知道和人牽手是什麼感覺。我敢打賭，有時候你能在某人的手裡找到全宇宙謎團的答案。

第七章

這個夏天的雨好多，每天下午都下雨。

雲朵會像是一群烏鴉一般聚集起來，然後開始下雨。

我愛上了雷聲。

我把《憤怒的葡萄》看完了。

我也把《戰爭與和平》看完了。

我決定要把海明威所有的書都看完。

我爸決定要看所有我看過的書，或許這就是我們說話的方式。

但丁每天都來看我。

大多時候，都是但丁在說話，我只是聽。他決定要讀《太陽依舊升起》給我聽。

我不會跟他爭，因為我永遠都不可能贏過但丁・昆塔納的頑固。所以他每天都會讀一個章節，然後我們會討論書的內容。

「這本書很哀傷。」我說。

「對，所以你才喜歡。」

「對。」我說：「所以我才喜歡。」

他沒有問我對他畫的圖有什麼看法，我很高興他沒問。我把他的素描簿放在床底下，拒絕翻開。我想我是在懲罰但丁，他把一部分從來沒有給過其他人的自己給了我，而我卻連看都沒有看一眼。我為什麼要這樣？

有一天，他脫口說出，他終於去做諮商了。

我希望他不要告訴我諮商的內容，他也沒說。

我很高興他沒說，然後我又有點生氣他沒說。

好吧，所以我情緒起伏很大，我反反覆覆。對，我就是這種人。

但丁一直在看我。

「怎樣？」

「你要去嗎？」

「去哪？」

「去做諮商啊，白痴。」

「不要。」

「不要？」

我看著我的腿。

我知道他又想要說「對不起」了，但他沒有。

「其實很有幫助。」他說：「去做諮商，沒那麼糟。真的很有幫助。」

「你會再去嗎？」

「也許喔。」

我點點頭。「說話不是對每個人都有用。」

但丁微笑。「你又不知道。」

我回應他的微笑。「對，我也不知道。」

第八章

我不知道事情怎麼發生的，但某天早上，但丁來我家後，便決定今天要幫我擦澡。「可以嗎？」他說。

「嗯，這應該算是我媽的工作。」我說。

「她說沒關係。」他說。

「你問過她了？」

「對。」

「噢。」我說：「但是這還是她的工作。」

「你爸呢？他沒有幫你擦過澡嗎？」

「沒有。」

「幫你刮鬍子呢？」

「沒有，我不想要他幫我。」

「為什麼？」

「我就是不想。」

他安靜下來。「我不會傷害你的。」

你已經傷害我了，我想要這樣說。這些話出現在我的腦海中。這些話很刻薄，我很刻薄。

「讓我來吧。」他說。

我沒有叫他滾蛋。我說好。

我學會在我媽幫我擦澡和刮鬍子時一動也不動。我會閉上眼，想著我在書中看到的角色。這樣會讓我撐過去。

我閉上眼。

我感覺到但丁的雙手在我肩上，感覺到溫水、肥皂和擦澡巾。

但丁的手比我媽媽大，也更柔軟。

他動作很慢、按部就班，十分小心。他讓我覺得自己像是陶瓷般易碎。

我一次都沒有睜開眼。

我們一句話都沒說。

我感覺到他的手在我光裸的胸口，在我背上。

我讓他幫我刮鬍子。

他做完後，我睜開眼睛。

淚水從他臉頰流下。

我早該想到了。

我想要對他大叫，我想要跟他說，我才是該哭的那一個。

但丁臉上掛著那種表情。

他看起來像個天使，而我只想要一拳打在他的下巴。

我的殘酷，連自己都受不了。

第九章

意外過後的三個星期又兩天後，我去看醫生換石膏，順便照X光。

我爸當天請了假。

去看醫生的路上，我爸話很多——這點很奇怪。

「八月三十日。」我爸說。

好吧，那是我的生日。

「我在想，也許你會想要一輛車。」

一輛車。靠！

「嗯。」我說：「我不會開。」

「你可以學。」

「你說你不希望我開車。」

「我從來沒這樣說過。是你媽說的。」

坐在後座，我看不見我媽臉上的表情。我也沒辦法往前看她的臉。「那我媽怎麼想的？」

「你是說你媽那個法西斯主義者嗎？」

「對，就是她。」

我們大笑起來。

「所以，你怎麼想呢，亞里？」

我爸聽起來像個小孩。「我覺得我可能會想要，你知道，那種低底盤跳跳車。」

我媽想都不想。「等我死了再說。」

我發瘋了。

我想我大概整整笑了十分鐘，我爸也加入一起同樂。

「好吧。」我最後終於說：「認真的嗎？」

「認真的。」

「我想要一輛老皮卡。」

我爸媽對看了一眼。

「這倒是行得通。」我媽說。

「我只有兩個問題想問。第一個問題是：你們買車給我，是因為覺得我變成殘障很可憐嗎？」

我媽早就準備好這個答案了。「不，你只會繼續殘障三到四個星期，然後你會去復健，然後你就沒事了。你不會變殘障的，你只會變回原本那個小王八蛋。」

我媽從來不罵髒話的，這真的很嚴重。

「你的第二個問題是什麼？」

「你們兩個，哪一個要教我開車？」

他們同時回答：「我。」

我想我會讓他們自己決定。

第十章

我討厭活在家裡狹小又封閉的氣氛中，這裡感覺一點都不像家了。我覺得自己像是個不受歡迎的客人，我討厭隨時都有人在服侍我。我討厭爸媽對我這麼有耐心。真的，這是實話。他們沒有做錯任何事，他們只是想要幫我。但我討厭他們，我也討厭但丁。

我又討厭我自己討厭他們。所以就這樣，這是我惡毒的循環。我個人的厭惡小宇宙。

我以為這永遠都不會結束了。

我以為我的人生永遠都不會好起來。但換上新石膏後，確實有變好了。我又用了費朵一個星期，然後我就拆了手臂的石膏，我就可以用拐杖了。我叫我爸把費朵收在地下室，這樣我這輩子就再也不用看到那張蠢輪椅。

我的雙手可以用之後，我就能自己洗澡。我拿出筆記本，寫下這一句話：**我洗澡了！**

我幾乎算是快樂了。我，亞里，幾乎算是快樂了。

「你的微笑回來了。」但丁是這麼說的。

「微笑就是這樣，來來去去。」

我的手臂很酸。物理治療師教了我一些可以做的運動。看看我，我的手臂可以動了。看看我。

有一天我起床後，走到浴室裡，盯著鏡子裡的自己。**你是誰？**我往廚房前進。我媽正在廚房裡，喝著一杯咖啡，看著她為新學年設計的教學計畫。

「在幫未來做計畫嗎，媽？」

「我喜歡未雨綢繆。」

我在她對面坐下。「妳是個很棒的女童軍。」

「你很討厭我這一點，對不對？」

「為什麼這麼說？」

「你討厭那整件事，童軍的事。」

「是爸逼我去的。」

「你準備好要開學了嗎？」

我舉起拐杖。「對啊，這樣我每天都可以穿短褲了。」

她幫我倒了一杯咖啡，並用手指梳了梳我的頭髮。「你想要剪頭髮嗎？」

「不要，我喜歡現在這樣。」

她微笑。「我也喜歡。」

我和我媽一起喝了咖啡，我們沒有說太多話。大多時候，我只是看著她翻閱自己的資料夾。早晨的光芒總是從廚房照進來，而這時候，她看起來很年輕。我覺得她很漂亮。她真的很漂亮。我羨慕她，她總是那麼確定自己是誰。

我想要問她，**媽，我什麼時候才會知道我是誰？**但我沒有。

我和我的拐杖一起走回房間，然後我掏出筆記本。我一直在迴避書寫這回事。我想我是害怕，我的怒氣會在紙上一覽無遺。而我就是不想看著那些怒火。那是另一種痛苦。我無法忍受的那種痛苦。我試著不要去想。我只是動筆寫了起來：

——學校幾天後就要開學了。十一年級。看來我只能拄拐杖去學校了。大家都會注意到我。靠。

——我看見自己開著一輛皮卡行經沙漠道路，四周一個人都沒有。我聽著羅斯・羅波斯的歌。我看見我自己躺在皮卡的車床上，盯著滿天的星光。沒有光害。

——物理治療很快就會開始了。醫師說游泳會很有用。游泳會讓我想到但丁。

靠。

——等我恢復得夠好的時候，我就要開始重量訓練。爸的舊槓鈴都在地下室。

——但丁一個星期之後就要離開了。我很高興。我需要擺脫他一下。我受夠他因為罪惡感而每天都來看我了。我不知道我們還會不會是朋友。

——我想要一隻狗。我想要每天帶牠散步。

——每天走路！我愛死這個點子了。

——我不知道我是誰。

——我最想要的生日禮物：某個人告訴我哥哥的事。我想要看見家裡牆上掛起哥哥的照片。

——不知道為什麼，我本來希望我能在這個夏天發現我是真的活著。我爸媽所說的那個世界正在外面等著我。那個世界並不是真的存在。

但丁那天晚上來找我，我們坐在前廊的臺階上。

他伸出手臂，是那隻在意外時斷過的手臂。

我也伸出了**我的**手臂，是那隻在意外時斷過的手臂。

「一切都好多了。」他說。

我們露出微笑。

「即使一樣東西被破壞了，它還是能被修好。」他再度伸出手臂。「跟新的一樣。」

「也許不像新的那麼好。」我說：「但還是夠好了。」

他的臉已經恢復了。在夜晚的光線下，他再度變得完美。

「我今天去游泳了。」他說。

「游得怎麼樣？」

「我愛游泳。」

「我知道。」我說。

「我愛游泳。」他又說了一次。他安靜了一會，然後他說：「我愛游泳——**還有你**。」

我什麼也沒說。

「游泳和你，亞里。這是我最愛的兩樣東西。」

「你不該這麼說的。」我說。

「這是事實。」

「我沒有說這不是事實。我只是說，你不該這麼說。」

「為什麼？」

「但丁，我不——」

「你什麼都不用說。我知道我們不一樣。我們不是同類人。」

「不，我們不是同類人。」

我知道他在說什麼，而我希望他是另外一種人，那種不需要把什麼話都說出來的人。我只是點著頭。

「你討厭我嗎？」

我不知道當下發生了什麼事。自從意外發生後，我就對每一個人生氣，討厭著所有人。我討厭但丁、討厭媽和爸、也討厭我自己。所有人。但就在那一刻，我知道我並不真的討厭所有人。我一點都不討厭但丁。我不知道要怎麼和他做朋友。我不知道要怎麼和任何人做朋友，但這不代表我討厭他。「不。」我說：「我不討厭你，但丁。」

我們只是坐在那裡，一句話也沒說。

「我們會是朋友嗎？等我從芝加哥回來的時候？」

「會。」我說。

「真的嗎？」

「對。」

「你保證？」

我看著他完美的面孔。「我保證。」

他微笑著。他沒有哭。

第十一章

出發去芝加哥前一天，但丁和他的父母一起到我們家來。我們的媽媽一起做菜。她們如此處得來，我其實一點也不意外。就某方面來說，她們滿像的。但我倒是很意外昆塔納先生和我爸也處得來。他們坐在客廳裡喝啤酒，聊著政治。我是說，他們或多或少有點共識吧。

但丁和我在前廊上打發時間。

不知道為什麼，我們都喜歡前廊。

我們沒有說太多話。我想我們並不知道該跟對方說什麼，而我腦中突然有個想法。我把玩著我的拐杖。「你的素描簿在我床底下。你可以去拿來嗎？」

但丁猶豫了一下，然後他點點頭。

他消失在屋內，我則等待著。

當他回來時，他把素描簿遞給我。

「我需要跟你坦白一件事。」我說。

「什麼？」

「我還沒有看過。」

他一句話也沒說。

「我們可以一起看嗎？」我說。

他什麼也沒說，所以我就翻開了素描簿。第一張圖是一幅自畫像。他正在看書。第二張圖則是他爸爸，也是在看書的樣子。然後是另一幅自畫像，畫的只是他自己的臉。

「你看起來很難過。」

「也許我那天就是很難過。」

「你現在會難過嗎？」

他沒有回答我的問題。

我翻著素描簿，然後盯著一張主角是我的圖。我一句話也沒說。他來找我的那天，他總共畫了五、六張圖。我小心翼翼地檢視著。他畫的圖，每一筆畫都十分謹慎，一點也不草率。每一張圖都很精準、細緻，並充滿了他所感受到的感覺。但他的圖卻又看起來如此自然。

但丁一句話也沒說，只是讓我看著他的素描。

「這些圖好誠實。」我說。

「誠實？」

「誠實又真實。你以後會成為一個很棒的藝術家。」

「以後。」他說：「聽著，你不用留著這本素描。」

「你給了我，這就是我的了。」

我們只說到這裡。然後，我們就只是坐在前廊上。

那天晚上，我們沒有說再見。不算有。昆塔納先生吻了吻我的臉頰，這是他的習慣。昆塔納太太把手放在我的下顎，將我的頭往上抬起來。她看著我的雙眼，像是要提醒我她在醫院裡對我說的話。

但丁抱了抱我。

我回抱了他。

「幾個月後見了。」他說。

「對啊。」我說。

「我會寫信的。」他說。

我知道他會的。

我不太確定我會不會回信。

他們走後，我和我爸媽坐在前廊上。開始下雨了，而我們就只是坐著。我們坐著，靜靜地看著雨。我一直看見但丁站在雨中，手中拿著一隻斷了翅膀的鳥。我不知道他是不是在微笑。如果他失去了微笑該怎麼辦？

我咬著嘴脣，這樣我才不會哭出來。

「我喜歡雨天。」我媽低語。

我也喜歡。我也喜歡。

我覺得我是全宇宙最哀傷的男孩。夏天來了又走了。夏天來了又走了。而世界就要結束了。

一頁信箋

有些字，我永遠也學不會怎麼寫。

第一章

一九八七年，奧斯汀高中開學第一天。

「你發生了什麼事啊，亞里？」針對這個問題，我有一個兩個字的答案。「意外。」吉娜．納瓦洛在午餐時間湊了過來，並說：「意外？」

「對啊。」我說。

「這才不是答案。」

吉娜．納瓦洛。

不知道為什麼，因為她從一年級就認識我了，她就覺得自己有權在我身邊糾纏。

如果要說我對吉娜最有印象的一件事，那就是她不喜歡簡單的答案。

人生很複雜。那是她的座右銘。

我該說什麼？要我說什麼？

所以我什麼都沒說，我只是盯著她看。

「你永遠也不會變，對吧，亞里？」

「改變才沒想像中的好。」

「你又不知道。」

「對，我又不知道。」

「我不確定我喜不喜歡你喔，亞里。」

「我也不確定我喜不喜歡妳，吉娜。」

「嗯，不是所有的關係都得奠基在**喜歡**之上。」

「我猜是吧。」

「聽著，我是你這輩子最接近穩定交往的朋友了。」

「妳快讓我憂鬱死了，吉娜。」

「不要把你的鬱悶怪在我身上。」

「鬱悶？」

「去查字典吧。你那麼悶悶不樂，跟別人一點關係都沒有，是你自己的問題。你為什麼不看看自己的樣子？你簡直一團糟。」

「我一團糟？走開啦，吉娜。讓我靜一靜。」

「這就是你的問題，你太喜歡靜一靜了。太多亞里的獨處時間了。說話吧。」

「不想說。」我知道她不可能這樣就放過我的。

「聽著，你就告訴我發生了什麼事吧。」

「我已經說了，就是場意外。」

「哪種意外？」

「很複雜耶。」

「你在取笑我。」

「妳注意到了啊。」

「你這個爛人。」

「我當然是了。」

「你當然是了。」

「妳快要把我煩死了。」

「你應該要感謝我才對。至少我在跟你說話。你是全校最不受歡迎的人耶。」

我指向正準備走出學生餐廳的查理．艾斯可多。

「不，他才是全校最不受歡迎的人。我連第二名都排不上。」

然後蘇西．博德便走了過來。她在吉娜身邊坐下，瞪視著我的拐杖。「發生什麼事了？」

「意外。」

「意外？」

「他是這麼說的啊。」

「哪種意外？」

「他不肯說。」

「我想妳們兩個人不需要我在場，也能自己聊這個話題，對吧？」

吉娜快要生氣了。上一次我看到她露出這種表情的時候，她對我丟了一顆石頭。

「跟我們說吧。」她說。

「好吧。」我說：「是在某一場暴風雨之後。記得下冰雹的那個下午嗎？」

她們點點頭。

「就是那天。嗯，有一個人站在路當中，有一輛車正好開過來。然後我撲過去，把他推開了。我救了他的命。車輾過我的腿。就是這樣。」

「你真是滿嘴屁話。」吉娜說。

「這是真的。」我說。

「你覺得我會相信你是某種英雄嗎？」

「妳又要對我丟石頭了嗎？」

「你真的是滿嘴屁話。」蘇西說：「你說你救的那個人，他是誰？」

「我不知道。就是某人。」

「他叫什麼名字？」

我等了一會才回答：「我想他的名字叫做但丁。」

「但丁？他的名字叫但丁？你覺得我們會相信嗎？」吉娜和蘇西對看了一眼：這

傢伙真是他媽的不可思議。那種眼神。她們從桌邊站了起來，走開了。

那天接下來的時間，我都微笑著。

有時候，你只需要跟別人說實話就好了。

他們不會相信你。在那之後，他們就不會來煩你了。

第二章

我這天的最後一堂課，是布洛克先生的英文課。新老師，剛從教育大學畢業，面帶微笑、充滿熱情，他還以為高中生人都很好。他什麼都還不知道。但丁一定會喜歡他的。

他想要多認識我們，他當然想了。我總是替新老師感到難過。他們太努力了，每次都讓我很尷尬。

布洛克先生做的第一件事，是叫我們每個人分享一件暑假中發生的趣事。我一直都很討厭這種破冰的無聊事。我決定要回家問我媽，為什麼老師都喜歡做這些破冰的活動。

吉娜・納瓦洛、蘇西・博德和查理・艾斯可多都在同一個班級裡。我不喜歡這樣。他們三個總是問我一大堆問題，一大堆我沒有答案的問題。他們總是想要更認識我。嗯，對，但我一點都不想被認識。我想要買一件T恤，上面寫著：「別想認識我」，但這樣只會讓吉娜・納瓦洛問我更多問題。

所以我就和吉娜、蘇西與查理關在同一間教室裡——還有一個喜歡問問題的老師。我只是意興闌珊地聽著大家對於「趣事」的觀點。強尼．阿瓦雷茲說他學了開車。菲力沛．卡德隆說他去洛杉磯探望了表親。蘇西．博德說她去了奧斯汀的公民領袖訓練營。卡洛斯．加利納宣稱他破處了。每個人都笑了起來。**她是誰？她是誰？**在那之後，布洛克先生便不得不立下幾條規則。我決定開始放空。我是個出色的白日夢家，我開始幻想起我生日那天應該會得到的那輛車。我想像著自己開下一條泥土路，頭頂上是藍天白雲，車裡播放著U2的音樂。然後我聽見布洛克先生的聲音朝我這邊傳來。

「曼杜沙先生？」至少他喊對我的名字了。我抬眼望向布洛克先生。「你還有在聽嗎？」

「有的，先生。」我說。

然後我聽見吉娜的聲音大喊：「他從來沒有發生過什麼有趣的事啦！」大家都笑了起來。

「這是真的。」我說。

我想也許布洛克先生就會改問下一個人了，但是他沒有。他只是等著我開口。

「一件趣事嗎？吉娜說得對。」我說：「這個暑假確實沒有發生什麼有趣的事。」

「什麼都沒有嗎？」

「我在一場意外中斷了兩條腿。我想這應該算有趣吧。」我點點頭，但我覺得很不舒服，所以我決定要像其他人一樣當個自以為是的小混蛋。「噢。」我說：「我從來沒有嘗試過嗎啡。那倒是很有趣。」大家都笑了起來。尤其是下定決心要來嘗試各種改變情緒藥物的查理・艾斯可多。

布洛克先生微笑。「你當時一定很痛吧。」

「對。」我說。

「你會沒事吧，亞里？」

「對。」我討厭這個對話。

「現在還會痛嗎？」

「不會了。」我說。這是個小謊，真正的答案更長、也更複雜。吉娜・納瓦洛說得對。人生**真的**很複雜。

第三章

我拿起筆記本，翻過內頁。我的字很醜。除了我之外，沒有人看得懂。這是件好事，但也不會有人想讀它就是了。我決定寫點東西。我寫下了這個：

今年夏天，我學會了游泳。不，這不是事實。有人教我的。但丁。

我把那一頁撕了下來。

第四章

「妳在開學第一天，會跟學生玩破冰活動嗎？」

「當然。」

「為什麼？」

「我喜歡多認識我的學生一點。」

「這樣有什麼意義？」

「因為我是個老師。」

「學校付錢請妳教政治。第一、第二、第三憲法修正案，之類的。妳為什麼不直接開始教就好？」

「我是在教學生。學生都是人，亞里。」

「我們沒那麼有趣。」

「你們比你以為的有趣多了。」

「我們很難搞。」

「那也是你們的魅力之一。」

她的臉上掛著一種有趣的表情。

我認得那種表情。

我媽有時候會同時又諷刺、又真誠。那也是**她的**魅力之一。

第五章

開學的第二天，一切都很普通。只是當我放學後在等我媽來接我時，一個叫伊蓮娜的女孩走到我的身邊。她拿出一支奇異筆，在我一腳的石膏上寫下她的名字。

她看著我的雙眼。我想要撇開視線，但我沒有。

她的雙眼就像是沙漠中的夜空。

感覺好像有整個世界在她體內存活著。我對那個世界一無所知。

第六章

一臺一九五七年的雪佛蘭皮卡。

櫻桃紅的烤漆，鍍鉻擋泥板、鍍鉻輪圈蓋，以及白框輪胎。

這是全世界最漂亮的卡車。而且是屬於我的。

我記得自己盯著我爸深色的雙眼，然後低語：「謝謝你。」

我覺得自己又蠢又不夠格，所以我擁抱了他。有夠遜。但我是認真的，那句謝謝跟那個擁抱都是，我是認真的。

一輛真正的卡車。

一輛真正的卡車，送給亞里了。

但我還是沒有得到掛在牆上的哥哥的照片。

你不能全部都要。

我坐在卡車上，而且得逼迫自己重回屋內的派對。

我討厭派對——就算是為我而辦的派對也一樣。

在那個當下，我只想要開著卡車駛上大陸，和我哥哥一起去兜風。還有但丁。

我哥哥和但丁。這樣對我來說就是個很棒的派對了。

我猜我是有點想念但丁——儘管我很努力不要去想他。

問題是，越努力不要去想一件事，反而會使你越想越多。

但丁。

不知道為什麼，我想到了伊蓮娜。

第七章

每天早上，我都很早起，並一路晃到我停在車庫裡的皮卡旁邊。我倒車，將它開到車道上。皮卡裡有一整個世界等待著我去發掘。坐在駕駛座上，使我覺得一切都有可能。這些短暫的樂觀瞬間，使我覺得很奇怪。奇怪又美麗。

轉開收音機，坐在車上，對我來說就是一種祈禱。

有天早上，我媽來到家門前，為我拍了一張照片。「你要去哪裡？」她問。

「去學校。」我說。

「不是。」她說：「我不是在問這個。你第一次開這輛車的時候，你準備要帶它去哪裡？」她問。

「沙漠。」我說。我沒有告訴她我想要去那裡看星星。

「一個人去嗎？」

「對。」我說。

我知道她想要問我有沒有在學校交到新朋友，但她沒問。然後她的視線落在我的石膏上。「誰是伊蓮娜？」

「一個女生。」

「她漂亮嗎？」

「漂亮到我配不上她，媽。」

「傻小子。」

「對，傻小子。」

那天晚上我做了惡夢。我正開著皮卡經過一條街，伊蓮娜坐在我身邊。我看向她，對她露出微笑。我沒有看見但丁站在路中間，我停不下來。我停不下來。當我醒來時，我滿身大汗。

早上時，我坐在卡車裡喝著咖啡，我媽則從屋裡走了出來。她坐在前廊的臺階上，她拍了拍身邊的階梯。她看著我尷尬地從卡車上爬下來。她已經沒有在我身邊打轉了。

我朝她走去，在她身邊坐下。

「下星期就要拆石膏了。」她說。

我微笑。「對。」

「然後是復健。」她說。

「然後是駕訓課。」我說。

「你爸很期待教你開車。」

「妳擲硬幣輸了嗎？」

她笑了起來。「對他有點耐性，好嗎？」

「當然沒問題，媽。」我知道她想要和我聊些什麼。我總是看得出來。

「你想念但丁嗎？」

我看著她。「我不知道。」

「你怎麼會不知道？」

「嗯，聽著，媽。是，嗯，但丁和妳很像。我的意思是，他有時候一直黏在我旁邊。」

她什麼都沒說。

「媽，我喜歡獨處。我知道妳不懂我這一點，但我真的喜歡。」

她點點頭，看起來她是真的有在聽。「你昨天半夜在尖叫他的名字。」她說。

「噢。」我說：「我只是做了一個夢。」

「惡夢嗎？」

「對。」

「你想要聊聊嗎？」

「不太想耶。」

她用手肘撞了我一下，那種**拜託，就當娛樂一下你的老媽嘛**的小動作。

「媽？妳有做過惡夢嗎？」

「不太常。」

「不像我和爸那樣。」

「你和你爸，都在打你們自己的祕密戰爭。」

「也許吧。我討厭我做的夢。」我感覺得到我媽正在聽我說話。她總是陪著我，我討厭她這樣。我也愛她。「我在夢裡開著我的卡車，外面在下雨。我沒有看見他站在路當中。我停不下來。我沒辦法。」

「但丁嗎？」

「對。」

她捏了捏我的手臂。

「媽，有時候我真希望我會抽菸。」

「我會沒收你的卡車喔。」

「嗯，至少我知道我打破規則的時候，會發生什麼事了。」

「你會覺得我太苛刻了嗎？」

「我覺得妳很嚴格。有時候有點太嚴格了。」

「對不起。」

「妳才沒有覺得抱歉呢。」我抓著我的拐杖。「有一天，我一定是要打破妳的一些規則的，媽。」

「我知道。」她說：「盡量別當著我面，好嗎？」

「當然了，媽。」

我們坐在那裡放聲大笑，就像我和但丁之前那樣。

「很抱歉你做了惡夢，亞里。」

「爸有聽到嗎？」

「有。」

「對不起。」

「你不能控制你的夢。」

「我知道。我不是故意要撞上他的。」

「你沒有。那只是個夢。」

我沒有告訴她我只是分心了。我應該要專心開車時，我卻在看著一個女孩。所以我才會撞上但丁。我沒有告訴她這一點。

第八章

我一天收到了兩封但丁的信。當我從學校回家時，那兩封信就躺在我的床上。我討厭讓我媽知道有這些信的存在。真蠢。為什麼呢？因為隱私。就是這樣，我沒有一點隱私。

親愛的亞里：

好吧，我真的有點愛上芝加哥了。我有時候會搭高架鐵道，並在腦子裡面捏造大家的故事。那裡的黑人比艾爾帕索多多了。我喜歡這樣。這裡有很多愛爾蘭人和東歐人，當然，也有墨西哥人。到處都有墨西哥人。我們就像麻雀一樣。你知道，我還是不知道我算不算是墨西哥人。我不覺得我是。我是什麼，亞里？

我不被允許晚上去搭高架鐵道。我重說一次：我不被允許。

我爸媽一直覺得會有壞事發生在我身上。我不知道他們是不是在意外之前就這樣。所以我跟我爸說：「爸，高架鐵道上又不會有車撞到我。」我爸對大部分的事情都無所謂，但他只是看了我一眼。「晚上不准去搭高架鐵道。」

我爸喜歡這裡的工作。他只需要教一堂課，其他時間就是在準備演講。我想他是在寫跟後現代長詩有關的主題之類的。我很確定我媽和我都會去聽演講。我很愛我爸，但我實在對這些學術的東西沒有興趣。太多分析了。為什麼就不能因為喜歡一本書而去看它呢？

我媽藉此機會在寫一本關於成癮與年輕人的書。她大部分的客戶都是青少年成癮者。她也沒那麼常提起她的工作。最近她花很多時間在圖書館裡，我覺得她應該很怡然自得。我爸媽都是知識分子。我喜歡他們這一點。

我交到一些朋友了。他們都還可以吧。我猜，他們是有點不太一樣。你知道，我覺得有趣的那群人，都是歌德路線的。我去參加了一個派對，人生中第一次喝了啤酒。其實是喝了三杯啤酒。我有點嗨。沒有太嗨，只是有一點點嗨而已。我沒辦法決定我喜不喜歡啤酒。我在想，等我長大之後，我就要開始喝紅酒。我指的也不是那些廉價品。我不覺得是個裝模作樣的人，但我媽說我有獨生子症。我猜這個詞也是她編的。而且這是誰的錯啊？又沒有人阻止他們再生一個。

在派對上，有人給了我一支大麻菸。好吧，我不是很想討論這件事。如果我媽知道我在嘗試這些改變情緒藥物的話，她一定會殺了我的。啤酒和大麻。不算太糟吧。但我媽一定會有不同的觀點。她和我聊過這些稱之為「入門毒品」的東西。每次她跟我聊到毒品，我就會開始放空，她就會對我擺臉色。

大麻和啤酒的事，那就只是派對上會發生的事。仔細想想，好像也沒什麼大不了的。但我不會跟我媽聊這件事。也不會跟我爸聊。

你喝過啤酒了嗎？抽過大麻嗎？跟我說吧。

我聽到爸媽的談話。他們已經決定，如果我爸得到這邊的職缺邀約，他會拒絕的。「這裡對但丁不好。」他們已經決定了。當然，他們沒有問過我。當然沒有。他們要不要聽聽但丁本人的說法？但丁想要幫自己表達一點意見。對，沒錯。

我不想要我爸媽圍繞著我安排他們的人生。有一天我會讓他們失望的。那之後怎麼辦？

事實是，亞里，我想念艾爾帕索。我們剛搬到那裡去時，我討厭那個地方。但現在我隨時隨地都在想著艾爾帕索。

我也會想到你。

永遠的，

但丁

P. S. 我每天放學之後都會去游泳。我剪了頭髮。現在我的頭髮真的很短。每天都要游泳的話，長髮真的超麻煩。不知道我為什麼一開始要留長。

親愛的亞里：

這裡的每個人都在辦派對。我爸覺得我受邀是件好事。我媽，嗯，我很難猜她的想法。我知道她心知肚明。上一場派對結束後，她說我身上有菸味。「有人在抽菸。」我說：「我也沒辦法。」她又用那種表情看我。

所以星期五晚上，我去了一場派對。當然，那裡有酒可以喝。我喝了一杯啤酒，然後決定啤酒不適合我。我喜歡伏特加兑柳橙汁。亞里，這裡有好多人。不可思議。我們就跟蟑螂一樣！你在移動的時候一定會撞到人。所以我就到處閒晃，和大家聊天，享受派對時光。

然後我發現自己在和某個女生說話。她的名字叫艾瑪，她很聰明、友善又漂亮。我們在廚房聊天，她說她喜歡我的名字。然後突然間，她就靠了過來，吻了我。我猜你可以說，我也有回吻她。她嚐起來像是薄荷和香菸，而且，嗯，亞里，那感覺其實還不錯。

我們接吻了很長一段時間。

我和她抽了一根菸，然後繼續接吻。

她喜歡摸我的臉。她說我長得很美。從來沒有人說過我長得很美。我爸媽不算。

然後我們就走到外面去了。

她又抽了一根菸。她問我要不要抽。我告訴她抽一根就夠了，因為我是游泳選手。

我還在想那個吻。

她把她的電話給我了。

整件事都讓我不太確定。

你的朋友，

但丁

第九章

我試著想像但丁留短髮的樣子。我試著想像他親吻女孩的樣子。但丁好複雜。吉娜一定會喜歡但丁吧。但我永遠也不會介紹他們認識的。

我躺在床上，想著要不要回信。最後我只是在筆記本中寫了幾句。

親吻女孩會是什麼感覺？尤其是伊蓮娜。她不會有菸味的。當你吻一個女孩時，她會是什麼味道？

我停止書寫，試著想別的事。我想著那篇關於經濟大蕭條的蠢作文，我一點也不想寫。我想著查理・艾斯可多想要我和他一起嗑藥的事。我又開始想著但丁和女孩接吻的事，接著我就想到了伊蓮娜。也許她**也會**有菸味。也許她會抽菸。我對她一無所知。

我從床上坐起身。不，不，不。不要再想接吻的事了。然後我不知道為什麼，我覺得很哀傷。然後我開始想我哥哥的事。每次我覺得悲傷時，我就會想到他。

也許在內心深處，一部分的我總是會想他。有時候我會發現自己在拼他的名字。ㄉㄜˊ ㄋㄚˇ ㄉㄨㄛˊ。我的大腦在幹麼？居然沒有我的准許就開始拼他的名字？

有時候我覺得，我是刻意不讓自己知道我在想什麼的。這聽起來不太合理，但對我來說很合理。我總覺得，我們所做的夢，也就是我們正在想那些我們不知道自己正在想的事——而那些事，嗯，它們會在做夢時不小心流瀉出來。也許我們就像是氣充得太滿的輪胎，那些空氣必須釋放出來。那就是夢境。

而現在想想，我確實曾夢見我哥哥。我當時四歲，而他十五歲，我們正在散步。他牽著我的手，我則抬頭看著他。我很快樂。那是個很美好的夢。天空很藍、很清澈、很純淨。

也許那個夢是從記憶而來的。夢可不是無中生有。這是個事實。我想，等我年紀大到可以選擇我要唸什麼書的時候，我也許會想要研究夢境。我絕對不會想要研究亞力山卓・漢彌爾頓。對，也許我會研究夢境和夢境的由來。佛洛依德。也許那就是我的目標——我會寫一篇關於佛洛依德的論文。那樣我就有個頭緒了。

也許我可以幫助那些也做惡夢的人。這樣他們就不會再做惡夢了。我覺得我會想這麼做。

第十章

我決定，我要想辦法和伊蓮娜・泰勒茲接吻。但是什麼時候？在哪裡？她不和我同班。我幾乎見不到她。

去找她的置物櫃。就是這樣。

第十一章

從醫生那裡回來時，我媽問我回信給但丁了沒。

「還沒。」

「我覺得你應該要回信給他。」

「媽，我是妳兒子，不是個意見箱。」

她看了我一眼。

「妳開車的時候看路啦。」我說。

回家之後，我拿出筆記本，在上面寫下：

如果夢境不是無中生有的，那我在夢中撞倒但丁是什麼意思？我做了那個夢兩次，又是什麼意思？當我撞上但丁時，我兩次都在盯著伊蓮娜看。好吧，這樣不太妙。

空氣正在釋放。

我不想要去想這件事。

我可以想我夢到哥哥的事，或者我也可以想我夢到但丁的事。

我只有這兩個選項嗎？

我覺得我該好好過我的人生了。

第十二章

當我想著那個和哥哥有關的夢時，我就會想到，我最後一次見到他的時候，我才四歲。所以我的夢和我的人生有個直接的連結。我想這就是一切發生的時間點。我四歲、他十五歲。他就是那時候做了那些錯事，所以他去坐牢了。不是看守所，是監獄。這是兩回事。我叔叔有時候會喝醉酒，就會被關進看守所。那總是會讓我媽很不開心。但他通常會很快就被放出來，因為他不會酒駕——他只是會喝醉之後跑去愚蠢的場所，然後和人起衝突。如果「衝突」一詞在他之前都還不存在，那這個詞就會是為我叔叔喝醉酒後的行為被創造出來。但總是會有人把他保出來。在監獄裡，就沒有把人保釋出來這回事了。你不會很快出獄。監獄是一個要把人關起來很久的地方。

所以我哥就是在那裡。監獄。

我不知道是聯邦監獄還是州立監獄。我不知道為什麼有些人被送去聯邦監獄、有些人則是州立監獄。他們在學校裡不會教這件事。

我要找出我哥哥去坐牢的原因。這是個研究主題。我已經想過了。我已經想了一遍又一遍了。報紙。他們不是都會把舊報紙收藏在什麼地方嗎？

如果但丁在這裡，他就會幫我的。他很聰明，他一定會知道要怎麼辦。

我不需要但丁。

我可以自己來的。

第十三章

親愛的亞里，

希望你有收到我的信。好吧，這個開頭有點不真誠。你當然收到我的信了。我不會開始分析你為什麼不回信的。好吧，這也不完全是事實。我已經分析過為什麼我從泳池回來時，家裡沒有信在等著我了。我不會浪費紙張來寫我半夜睡不著覺時所想到的那些理論。這是我們的約定，亞里，我不會一直逼你回信的，我保證。如果我想要寫信給你，我就會寫。你如果不想回信，你也不需要回。你必須要做自己。我也是。事情就是這樣。而且話說回來，平常也就是我的話比較多。

除了搭乘高架鐵道之外，我又有新的嗜好了：去芝加哥藝術學院。哇喔，亞里。你真該看看那裡的藝術品。太不可思議了。我真希望你在這裡，我們就可以一起去看所有的藝術品了。你一定會發瘋的，我發誓。各式各樣的藝術品，當代藝術、沒那麼當代的藝術，還有，嗯，我可以一直說下去，但我不會的。你喜歡安迪・沃荷嗎？

有一幅名畫叫做〈夜遊者〉（Nighthawks），是愛德華・霍普（Edward Hopper）畫的。我好愛那幅畫。有時候，我覺得每個人都像是那幅畫中的人，每個人都迷失在自己痛苦、哀傷或愧疚的小宇宙中，每個人都如此遙遠、又不可理解。那幅畫讓我想到了你。讓我心都碎了。

但我最喜歡的畫不是〈夜遊者〉。差得遠了。我有告訴你我最喜歡的畫是什麼嗎？是傑利科（Géricault）的〈梅杜莎之筏〉（The Raft of the Medusa）。那幅畫背後有一整個故事呢。那是一個真實事件，一個船難，而這幅畫使傑利科紅翻了。你看，藝術家就是這樣，他們會說故事。我的意思是，有些話就像小說一樣。

有一天，我會去巴黎旅行，我一定要去羅浮宮，我要在那裡盯著畫一整天。

我算過時間了，我知道你現在已經拆了石膏。我知道你說過不可以討論那場意外。我得這麼說，亞里。那條規則實在蠢到不可思議。沒有一個正常人可以守住那條規則的——雖然我也不算是正常人。所以，我希望你的復健順利，而你很快就可以恢復正常了。但你也不能算是正常人。你一點都不正常。

我很想你。我可以這麼說嗎？還是這是另一條規則？你知道，你對這麼多事情都有規則，這其實很有趣。為什麼要這樣，亞里？我想每個人對事情都有一些規則吧。也許我們是從父母身上學來的。父母最喜歡訂規則了。也許他們給我們太多規則了，亞里。你有想過這一點嗎？

我覺得我們應該要針對這些規則做點什麼。

我不會再跟你說我想你了。

你的朋友，

但丁

第十四章

在蘇西・博德的幫助下，我找到了伊蓮娜的置物櫃。「不要跟吉娜說喔。」

「我不會的。」她說：「我保證。」她馬上就打破了她的承諾。

「她是個麻煩。」吉娜說。

「對，而且她十八歲了。」蘇西說。

「所以？」

「你只是個男孩。她是個女人了。」

「麻煩。」吉娜重複道。

我留了一張紙條給伊蓮娜。「嗨。」紙條上這樣寫。我簽了我的名字。我真是個混蛋。嗨。這是什麼鬼啊？

第十五章

我在公立圖書館待了一晚上，用放大鏡看著《艾爾帕索時報》的微縮膠片。我在尋找我哥的報導。但我甚至不知道那個年份對不對，而我一個半小時之後就放棄了。一定有更好的辦法可以做這種調查吧。

我在想要不要寫信給但丁。但我只是找了一本分析愛德華．霍普的藝術書。但丁對〈夜遊者〉的看法是對的。那是一幅很棒的畫。霍普在說的事也是事實。我覺得我好像是看著一面鏡子，但我並沒有因此心碎。

第十六章

你知道拆石膏的時候，死皮是什麼樣子嗎？

那些死皮，就是我的人生。

產生過去的亞里會有的感覺，似乎有點奇怪。但那也不完全是事實。以前的亞里已經不存在了。

而我要成為的那個亞里呢？他也還不存在。

我回家後，去散了一個步。

我發現自己盯著但丁抱著鳥時所站的那個位置。我不知道我為什麼會出現在這裡。

我發現自己正在但丁家門前走動著。

對街的公園裡，有一隻狗正在盯著我。

我回望著牠。

牠從草地上站了起來。

我走到對街，那隻狗一動也不動。牠只是搖著尾巴。這使我微笑起來。我在牠旁邊坐下，並脫下我的鞋子。狗往我身上擠了過來，把頭靠在我的大腿上。我只是坐在那裡拍著牠。我注意到牠沒有項圈。又研究了牠一陣子之後，我發現她是個女生。

「你叫什麼名字？」

人們會跟狗講話。牠們也聽不懂。但也許牠們懂得夠多了吧。我想著但丁的上一封信，我得查字典才知道「inane（愚蠢的）」這個詞的意思。我站起身，往公園邊的圖書館走去。

我找到一本藝術書，裡頭有著〈梅杜莎之筏〉的圖片。

我回家了：亞里不用靠拐杖也可以走路了。我想要告訴但丁他算錯了。**我今天才拆石膏，但丁。是今天**。

在我回家的路上，我想著那場意外與但丁，想著我的哥哥，而我不知道他會不會游泳。我想著我爸，還有他從來不提越南的事。就算他有一張自己與軍中同袍的合照掛在客廳牆上，他也從來沒有談過那張照片，或是他朋友們的名字。我問過他一次，但他表現得好像沒聽見我的問題似的。我再也沒問過了。也許我和我爸之間的問題，就是我們兩個實在太像了。

我到家時，我注意到那隻狗正在跟著我。我坐在前廊的臺階上，她則在人行道上，抬眼看著我。

我爸走了出來。「在把你的腿找回來嗎？」

「對啊。」我說。

他看著那隻狗。

「她跟著我從公園回來的。」

「你對他有興趣嗎？」

「她是女生。」

我們面露微笑。

「然後，對。」我說：「我很有興趣。」

「記得查理嗎？」

「記得，我愛那隻狗。」

「我也是。」

「她死的時候我哭了。」

「我也是，亞里。」我們對望著。「看起來是隻好狗。沒有項圈嗎？」

「沒有項圈，爸。漂亮。」

「漂亮，亞里。」他笑了起來。「你媽不喜歡狗進屋子裡。」

第十七章

親愛的但丁，

抱歉我沒有回信。我真的很抱歉。我現在可以正常走路了。所以你不要再自責了，好嗎？X光片看起來還不錯。我痊癒了，但丁。醫生說中間有太多事可以出差錯了，光手術就是。但是事實是，什麼差錯都沒有。想想，但丁，什麼差錯都沒有耶。好吧，我已經打破了我自己的規則，所以這個話題我們就別談了吧。

我養了一隻狗！她的名字叫腿腿（Legs），因為我是在我拆石膏的那天撿到她的。她從那座公園跟著我回家。我爸和我在後院幫她洗了澡。她真的很乖。她只是站在那裡，讓我們幫她洗。非常乖、非常溫馴的狗。我不知道她是什麼品種。獸醫猜她是比特犬、拉布拉多，還有天知道什麼狗的混種。她是白的，中型尺寸，眼睛周圍有棕色的毛。長得很好看。我媽只有給一句話：「狗要住在後院裡。」

但這個規則維持不了多久。晚上，我就讓狗進我房間了。她睡在我的腳邊。在床上喔。我媽超討厭這樣。她倒是很快就放棄了。「嗯，至少你現在有朋友了。」她說。

我媽覺得我一個朋友也沒有。這也算是事實啦。但我不善於交朋友。我也覺得沒關係。

除了狗之外，好像也沒有什麼好報告的。不，等等，你猜怎麼樣？我得到一臺一九五七年的雪佛蘭皮卡當生日禮物啦！鍍了很多鉻。我超愛那輛卡車。是真正的墨西哥卡車，但丁！我只需要液壓裝置就可以讓車子跳起來了。但也不可能啦。我媽只是看著我。「誰要付這個錢？」

「我會去打工。」我說。

爸幫我上了第一堂駕訓課。我們開進一條上游河谷的廢棄農業道路。我開得還不錯。我得學會打檔。我不太會換檔，我在換到二檔的時候讓車子熄火了好幾次。都是時間的問題。踩離合器、換檔、油門、離合器、換檔、油門、開車。我很快就會學會要怎麼一鼓作氣地做完了，就會像走路一樣。我連想都不用想。

第一堂課之後，我們把車停下來，我爸抽了一根菸。他有時候會抽菸。但從來不在屋子裡抽。有時候他會在後院抽，但也沒有很常。我問他以後有沒有打算要戒。「這樣比較不會做惡夢。」我知道他的夢都是跟戰爭有關。我有時候會試著想像他在越南叢林裡的樣子。我從來沒有問過他戰爭的事。我猜那是他需要保有隱私的部分。把一場戰爭藏在心裡，也許這樣很糟糕。但也許就只能這樣了。所以我沒有問他戰爭，我只是問他有沒有夢到過柏納多。我哥哥。「有時候會。」他只說到這樣。回程的路也是他開，路上一句話也沒說。

我覺得我提起哥哥的事，讓他不開心了。我不想要讓他不開心，但我就是會這樣。我總是讓他不開心。我也讓其他人不開心。我也讓你不開心。我知道。對不起。我盡我最大的努力了，好嗎？所以我如果寫的信沒有像你這麼多，不要生氣。我不是為了要惹你生氣才這樣，好嗎？這是我的問題。我想要其他人告訴我他們的感覺，但我不太確定我想不想要回饋他們一樣的東西。

我想我要去卡車裡坐坐，好好思考一下這件事了。

亞里

第十八章

我的人生，現在是由下面這張清單構成的：

——為了準備考駕照讀書，為了準備考大學認真讀書。（我媽為此很高興。）

——在地下室重訓。

——和腿腿慢跑。她不只是一隻好狗，也是一隻飛毛腿。

——讀但丁的信（有時候一週兩封）。

——跟吉娜·納瓦洛和蘇西·博德吵架（什麼都能吵）。

——試著在學校和伊蓮娜巧遇。

——在圖書館用放大鏡看《艾爾帕索日報》的微縮膠片，試著找哥哥的消息。

——寫日記。

——一星期洗一次卡車。

——做惡夢。（我一直在那條下雨的街上輾過但丁。）

——在「炭烤人」工作二十小時。煎漢堡也沒那麼糟糕嘛。星期四放學之後四小時，星期五晚上六小時，星期六再八小時。（爸不讓我多幫別人代班了。）

這份清單基本上就涵蓋了我的人生。也許我的人生沒有那麼有趣，但至少我很忙碌。忙碌不代表快樂，我知道。但至少我不無聊。無聊是最糟糕的了。

我喜歡賺錢，我也喜歡自己終於沒有花那麼多時間自怨自艾了。

有些人會邀請我去參加派對，我不會去。

嗯，我是有去一場——只是想去看看伊蓮娜在不在。我在吉娜和蘇西抵達時正好離開。吉娜說我厭世。她說我是整個學校唯一一個沒有和女生接吻過的男生。「而如果你每次都在派對開始變好玩之前就離開，那你永遠也沒有機會親到了。」

「真的嗎？」我說：「我從來沒有親過女生？妳這個資訊是哪裡來的？」

「是直覺。」她說。

「妳在騙我把我的事告訴妳。」我說：「這樣行不通的。」

「你親過誰？」

「閉嘴吧，吉娜。」

「伊蓮娜嗎？我可不這麼想。她只是在耍你而已。」

我只是繼續往前走，順便對她比了中指。

吉娜，這女生有什麼毛病啊？七個姊妹、沒有兄弟——這就是她的毛病。

我猜她只是想要借用我而已。我可以當讓她糾纏的哥哥。她和蘇西・博德之前都會在週五晚上接近打烊的時候到炭烤人來。

只是想要繼續糾纏我，只是想要惹我生氣。她們會點漢堡、薯條和櫻桃可樂，把車停在那裡按喇叭，等我打烊，然後一直煩、煩、煩我，惹我生氣。吉娜開始學抽菸了，還會像瑪丹娜一樣四處揮舞她的香菸。

有一次，她們帶了啤酒。她們給了我一點。好吧，我和她們一起喝了幾瓶啤酒。喝起來還可以。還不錯。

只是吉娜一直問我親吻過誰。

接著我想到了一個會使她不再煩我的方法。「你知道我怎麼想的嗎？」我說：「我覺得妳只是想要我靠上去，給妳這輩子最讚的一個吻。」

「噁心死了。」她說。

「那妳為什麼這麼感興趣？」我說：「妳就是想知道我嘴裡是什麼味道啊。」

「你是白痴。」她說：「我寧可吃鳥屎。」

「當然了。」我說。

蘇西・博德說我很刻薄。蘇西・博德，在她身邊，你就得當一個好人。如果你說錯話，她就會哭。我不喜歡她哭。她是個好女生，但是她這樣一直哭，對她一點好處也沒有。

在那之後，吉娜就再也沒提過接吻的事了。這是好事。

伊蓮娜有時候會來找我。她會對我微笑，然後我就會有點愛上她的微笑。但我對愛一無所知。

學校還可以。布洛克先生還是很喜歡叫大家分享，但是他是個好老師。他叫我們寫很多東西。

不知道為什麼，我開始很喜歡寫作。

我唯一有點困擾的課是我的藝術選修。我完全不會畫圖。我還算是會畫樹，但我不會畫人臉。在藝術課上，你只要努力嘗試就可以了。我的努力得到了九十分，但不是因為我的天賦。我的人生也是這樣。

我知道我的日子過得還不錯。我有了一隻狗、駕照，還有兩個嗜好：在微縮膠片上找我哥哥的名字，還有想辦法親吻伊蓮娜。

第十九章

我爸和我養成了一個習慣。我們會在週六和週日早上早早起床，去上我的駕訓課。

我想——我不知道我在想什麼。

我想我是認為，我爸和我會聊某些事吧。但我們都沒有。我們會聊開車的事。公事公辦。

我們聊的全都是學開車的事。

爸對我很有耐心。他會解釋開卡車的細節，還有專注與注意他人的哲學。他其實是個很棒的老師，從來不生氣（除了我提起哥哥的那一次以外）。

有一次，他說了一句讓我露出微笑的話。

「在單行道上的時候，你不能期待自己能雙向行駛。」

我覺得他這麼說好笑又有趣。他這麼說的時候，我笑了出來。他幾乎從來沒有讓我大笑過。

但他沒有問過我人生的事。和我媽不一樣，他會讓我保有自己隱私的世界。我爸和我，我們就像是艾德華・霍普的畫。嗯，幾乎吧——但不完全一樣。我有注意到，不知道為何，我爸在我們倆一起出去的這些早上，他似乎都感到更放鬆了一點。他似乎自在得像是在家一樣。儘管他不怎麼說話，但他似乎沒有那麼遙遠了。也許我爸就是不需要靠文字在這世上存活。我不是那樣。嗯，我外表上看起來是如此，假裝我不需要對話。但我內心並不是這樣。

我發現了一點關於我的事：內心裡，我和我爸一點都不像。我的內在更像是但丁。這讓我很害怕。

第二十章

我得先帶我媽出去兜風過，她才讓我自己開車出去。「你開得有點太快了。」她說。

「我十六歲。」我說：「而且我是個男生。」

她一句話也沒說，但接著她說：「如果我懷疑你開車的時候有喝一滴酒，我就會把它賣掉。」

不知道為什麼，這使我露出微笑。「這樣不公平。妳疑神疑鬼的，為什麼是我要付出代價？這又不是我的錯。」

她只是看著我。「法西斯主義者就是這樣。」

我們對彼此露出微笑。「不酒駕。」

「那酒後走路呢？」

「也不行。」

「我就猜妳會說不行。」

「只是先把話講清楚。」

「我不怕妳，媽。我也先說喔。」

這使她笑了起來。

所以我的人生或多或少沒那麼複雜了。我會收到但丁的信，但我不會每封都回。我回信的時候，我的信都很短。他的信從來沒有短過。他還是在實驗與女孩接吻的事，但他說他還是比較想要親男生。他是這麼說的。我不知道該作何感想，但但丁正在做自己，而如果我想要當他的朋友，我就得學著不去在意。而因為他在芝加哥，我在艾爾帕索，要不在意其實滿容易的。但丁的人生遠比我複雜得多了——至少在親吻男孩和女孩的事情上是這樣。另一方面，他不需要擔心自己有個在坐牢的哥哥——一個爸媽假裝不存在的哥哥。

我想我是試著要讓自己的人生沒那麼複雜，因為我心中的一切都讓我好困惑。我的惡夢就是證明。有一天晚上，我夢到自己沒有腿。我的腿就是消失了，而我無法下床。我最後是尖叫著醒來的。

我爸進了房間，低聲說：「只是個夢，亞里。只是個夢而已。」

「對。」我低語。「只是個惡夢。」

但你知道，我已經習慣了這些惡夢。但為什麼有些人就是不會記得自己的夢？為什麼我不是那種人呢？

第二十一章

親愛的但丁：

我拿到駕照了！我帶我爸媽去兜風了。我把他們載去了新墨西哥州的梅西亞。我們去吃午餐。我把他們載回家，我想他們或多或少認可了我的開車技術吧。但最棒的是這個：我晚上開車出去，去了沙漠，停在沙地上。我聽著收音機，躺在皮卡的車床上，看著星空。沒有光害，但丁。真的很美。

亞里

第二十二章

有一天晚上，我爸媽去參加了一個結婚舞會。墨西哥人啊。他們超愛結婚舞會。他們想要把我一起拖去，但我說不了謝謝。看著我爸媽隨著德墨音樂起舞，簡直就是地獄。我告訴他們，我整天煎漢堡煎到累了，我只想要待在家裡好好放鬆。

「嗯，如果你想要出門的話，記得留個字條。」我爸說。

我一點計畫也沒有。

我讓自己舒舒服服的，正準備要做個起司薄餅來吃，查理・艾斯可多卻突然來我家敲門，並問我：「在幹麼？」

我說：「沒幹麼。我在做起司薄餅。」

他說：「好喔。」

我不打算問他想不想要我也做一個給他，儘管他看起來超餓。他整個人看起來饑腸轆轆。他很瘦，總是看起來像旱季的土狼。我很懂土狼。我對土狼（註2）很有

註2 Coyote，原意為土狼，在俗語中也引申為非法進入美國邊境的墨西哥人。

興趣。所以我們只是對看著，然後我說：「你餓嗎？」我不敢相信我居然這麼說。然後他說：「不會。」然後他又說：「你有注射過毒品嗎？」

我說：「沒有。」

他說：「想試試看嗎？」

我說：「不想。」

他說：「你應該要試試看。感覺超棒的。你知道，我們可以去買一點，然後開你的卡車去沙漠裡，然後，你知道，嗨一下。那感覺超甜的。甜到不行，老兄。」

我說：「我是很喜歡巧克力啦。」

他說：「你他媽的在說什麼啊？」

我說：「甜啊，你說甜。我想我可以從巧克力裡攝取甜味就好。」

然後他就生氣了，開始叫我 pinchi joto（死娘炮），還有各種髒話，然後說他要把我一路踢到邊境去。還有我以為我是誰啊，好像我覺得自己高尚到不需要打毒品或是抽菸似的，還有我難道不知道沒有人喜歡我嗎，因為我覺得自己是好棒棒先生（Mr. Gabacho）。

好棒棒先生。

我討厭他這樣說。我跟他一樣是墨西哥人。我比他高大多了，我一點都不怕這個小混蛋。所以我說：「你為什麼不去找別人跟你吸毒呢，老兄？」我想這傢伙是因為寂寞，但他不需要這麼王八蛋。

然後他說：「你是同性戀，老兄，你知道嗎？」

這傢伙在說什麼啊？我不想要注射海洛因，所以我就是同性戀？

然後我說：「對，我是同性戀，而且我想要親你。」

然後他就露出了非常嫌惡的表情，說：「我要揍你。」

我說：「來啊。」

他對我比了個中指，然後，嗯，他就走了——我也不是很在乎。我是說，在這傢伙開始喜歡上濫用會改變情緒的藥物之前，我其實還滿喜歡他，而且老實說，我也對海洛因很好奇。但你知道，我還沒準備好。

這麼重要的事，我們是需要做好心理準備的。這是我的看法。

我開始想起但丁和他喝啤酒的事，我想起我和吉娜與蘇西喝的那幾瓶啤酒，而我開始幻想起喝醉的感覺。我是說，酩酊大醉的那種。不知道感覺好不好。我是說，但丁還抽過大麻。我又開始想起我哥哥。也許他是吸毒了，也許他就是這樣才被關。

我想我小時候是真的很愛他。**我想是真的**。也許我才會因此覺得哀傷又空虛——因為我一輩子都在想念他。

我不知道我為什麼這麼做，但我就是這麼做了。我走出家門，找到一個坐在夕陽丘的K圓環附近乞討的老酒鬼。他看起來很可怕，聞起來更可怕。但我也不是想要跟他交朋友。我請他幫我買了一手啤酒。我說我可以請他喝一手啤酒，他接受了。我把車停在街角。當他走出來，把啤酒遞給我時，他對我微笑，說道：「你幾歲啊？」

「十六。」我說：「你呢？」

「我啊，我四十五了。」他看起來老得多。他看起來快要回歸塵土了。然後我覺得自己很差勁——居然利用了對方。但他也是在利用我，所以這件事就扯平了。

一開始我打算要開去沙漠，把六罐啤酒喝完。但接著，我就想到，也許這不是個好主意。我一直聽見我媽的聲音在腦中迴盪，而我很不爽自己一直想到她。所以我決定回家。我知道我爸媽還要很久之後才會回家，我有整晚可以喝啤酒。

我把卡車停在車道上，坐在那裡，喝著我的啤酒。我讓腿腿進到卡車裡，她試著舔我的啤酒罐，所以我只好告訴她，啤酒對狗不好。或許啤酒對男孩也不好。但，你知道，我只是在實驗。你知道，試著找到宇宙間的祕密。但我也不覺得我可以在百威裡找到全宇宙的祕密。

我在想，也許我喝個兩、三罐之後，就會開始微醺。所以我就這麼做了，而這樣真的有效。你知道，其實感覺還不錯。

我開始想事情。

我哥哥。

但丁。

我爸的惡夢。

伊蓮娜。

喝下三罐啤酒後，我就不再感到痛苦了。有點像嗎啡，但不太一樣。然後，我又打開了另一瓶啤酒。腿腿把頭靠在我的大腿上，我們就只是那樣坐著。「我愛妳，腿腿。」這是真的。我愛這隻狗。而且我和狗在車子裡喝著啤酒，人生似乎也不算太糟。

世界上會有很多人拚了命想要我所擁有的一切，所以我為什麼不能再更感恩一點？因為我是個不知感恩的人，就是這樣。吉娜・納瓦洛是這樣說我的。她是個聰明的女生，她對我的看法沒有錯。

我把車窗搖了下來，感受著冷空氣。天氣變了，冬天要來了。夏天並沒有帶來我想要的東西，我覺得冬天也不會對我有什麼好處。為什麼這些季節存在呢？是生命循環。冬天、春天、夏天、秋天，然後一切又重來。

你想要什麼，亞里？我一直問著自己。也許是因為啤酒的關係。**你想要什麼，亞里？**

然後我回答自己：「人生。」

「什麼是人生，亞里？」

「我怎麼會知道？」

「你內心明明就知道，亞里。」

「我不知道。」

「閉嘴，亞里。」所以我就閉嘴了。然後一個念頭出現在我腦中，我想要和某人接吻。不管是誰都好。任何人都行。伊蓮娜。

當我把啤酒喝完時，我便跌跌撞撞地上了床。

我那天晚上沒有做夢。一個夢都沒有。

第二十三章

聖誕節假期時，我正在包裝聖誕禮物給我的外甥們。我找起了剪刀，我知道我媽把一把垃圾剪收在客房的抽屜裡。所以我就去那找了。

我找到了剪刀，就躺在一個特大號的棕色信封上，上頭寫著我哥哥的名字。柏納多。

我知道那個信封裡，裝著關於哥哥人生的一切。收在信封裡的人生。

而且我知道，那裡面也會有他的照片。

我想要打開那個信封，但是我沒有。我把剪刀留在原位，假裝自己沒有看到信封。「媽。」我問：「妳剪刀放在哪裡？」她就去拿給我了。

那天晚上，我寫了日記。我一次又一次寫著他的名字：

柏納多。

柏納多。

柏納多。
柏納多。
柏納多。
柏納多。

第二十四章

親愛的亞里：

我可以想像你躺在卡車的車床上看星星的樣子。我腦中已經有素描的樣子了。我寄了一張照片給你，我站在我們的聖誕樹旁邊。我也寄了一個禮物給你。希望你會喜歡。

聖誕快樂，亞里。

但丁

打開禮物時，我微笑起來。

然後我放聲大笑。是一雙縮小版的網球鞋。我知道我要把它放在哪裡了，我要吊在我的後照鏡上。所以我就這麼做了。

第二十五章

聖誕節的隔天，我在炭烤人上了八小時的班。我爸讓我多接了幾班，因為現在是聖誕節假期。我不在乎多工作。好吧，我的同事是一個超級混蛋。但我讓他自說自話，而大半時間，他甚至都沒有注意到我根本沒在聽。他想要在下班之後一起出去晃晃，而我說：「我有計畫了。」

「約會嗎？」他說。

「對。」我說。

「有女友嗎？」

「對啊。」我說。

「她叫什麼名字？」

「雪兒。」

「去死啦，亞里。」他說。

有些人就是開不起玩笑。

我回家時，我媽正在廚房裡加熱玉米粉蒸肉。我最愛家常的蒸肉了。我喜歡在烤箱裡加熱，這其實很奇怪，因為這不是加熱玉米粉蒸肉的標準方式。我喜歡烤箱稍微把蒸肉燒乾的感覺，使它變得有點焦脆，你就可以聞到玉米葉的焦味，超級香，所以我媽就特別為我放了一點到烤箱裡。「但丁打來了。」她說。

「真的嗎？」

「對。」

「他說他晚點會再打回來。我說你去工作了。」

我點點頭。

「他不知道你有打工。他說你從來沒有在信裡提到這些事。」

「這又不重要。」

她搖搖頭。「我猜是吧。」我知道她正在腦中計算著這件事情，但她並沒有把她的計算說出來，我也覺得無所謂。然後電話就又響了。「應該是但丁。」她說。

就是但丁。

「嗨。」

「嗨。」

「聖誕快樂。」

「芝加哥有下雪嗎？」

「沒有，只是很冷。天空很灰。我是說，真的很冷。」

「聽起來不錯啊。」

「我其實滿喜歡的，我只是厭倦了陰天。他們說一月可能會更糟糕。二月大概也是。」

「太討厭了吧。」

「對，真的很討厭。」

電話沉默了一下。

「所以你現在在打工？」

「對，在炭烤人煎漢堡。試著存一點錢。」

「你沒有跟我說。」

「對，那又不重要。只是個爛工作而已。」

「嗯，如果你買漂亮的藝術書送給你的朋友，你一定存不到錢的。」我知道他在微笑。

「所以你拿到書了？」

「我現在正放在腿上呢。羅倫茲・愛特納（Lorenz E. A. Eitner）寫的《傑利科的梅杜莎之筏》。這本書好美，亞里。」

我以為他要哭了。我在腦中不斷低語著：不要哭不要哭。然後他好像聽到我的聲音一般——他沒有哭。然後他說：「你為了買那本書，總共煎了幾個漢堡？」

「這是個非常但丁的問題。」我說。

「這是個非常亞里的答案。」他說。

然後我們就笑了起來，而且無法停止。我好想他。

掛掉電話時，我有一點傷心，也有一點開心。有幾分鐘的時間，我希望我和但丁是活在男孩的宇宙，而不是快要成為男人的宇宙。

我出去慢跑，只有我和腿腿。大家都說每個人都應該要養隻狗，這是真的。吉娜說每個男孩都是狗。這個吉娜就像我媽一樣。我腦中一直迴盪著她的聲音。

跑到一半的時候開始下雨了。當初意外時的畫面，像電影一樣在我腦中播放。有幾秒的時間，我的腿痛了起來。

第二十六章

十二月三十一日時，炭烤人那邊打了電話叫我去上班。我不介意。我沒有別的計畫，我也不想要自己一個人想東想西。

「你要去上班？」我媽很不高興。

「社交互動。」我說。

她看了我一眼。「大家今天都要過來耶。」

對，家族聚會。舅舅們、表親們。我媽煮了牛肚湯和更多的玉米粉蒸肉。我已經吃夠玉米粉蒸肉了。我媽和姊姊們會喝紅酒。我不是很喜歡家庭聚會。太多親密的陌生人了。我會一直微笑，但我從來就不知道要說什麼。

我對我媽露出微笑。「一九八七年。真高興它結束了。」

她又看了我一眼。「今年很棒啊，亞里。」

「嗯，但是有雨中的那場小意外。」

她微笑起來。「為什麼你就不能對自己有點信心呢？」

「因為我就跟我爸一樣。」我對她舉起咖啡杯，做出敬酒狀。「敬一九八八年。還有爸。」

我媽伸過手來，用手指梳著我的頭髮。她好一陣子沒有這樣做了。「你看起來越來越像個男人了。」

我再度舉起咖啡杯。「嗯，也敬成年禮。」

工作不算太忙。雨讓客人變得很少，所以我們負責顧店的四個人，就輪流試著唱自己一九八七年最喜歡的歌。羅斯・羅波斯版的〈啦吧吧〉是我最喜歡的歌，沒有之一。我歌唱得爛透了，所以我故意唱了幾句，因為我知道每個人都會叫我**不要唱了、不要唱了**。他們還真的這麼說，所以我就解套了。奧瑪一直唱〈信心〉（Faith）。我不喜歡喬治・麥可（George Michael）。露西一直假裝自己是瑪丹娜，而儘管她有一副好歌喉，我也不喜歡瑪丹娜。在快要下班時候，我們全都開始唱起了U2的歌。〈我仍未找到我在追尋的〉（I Still Haven't Found What I'm Looking For）。對，那是一首好歌。我的主題曲。但說實話，我覺得那是所有人的主題曲。

九點五十五分的時候，我聽見一個聲音從得來速的對講機中點了漢堡和薯條。吉娜・納瓦洛。我到哪裡都認得那個聲音。我無法決定我到底是喜歡她還是習慣她了。她的餐點做完之後，我拿到她破舊的金龜車旁，看見她和蘇西・博德坐在車裡。

「妳們兩個在約會嗎？」

「哈、哈，你這混蛋。」

「也祝妳們新年快樂啊。」

「你要下班了嗎？」

「我在下班前要先打掃。」

蘇西・博德露出微笑。我得說，她的笑容滿甜的。「我們是來邀請你去派對的。」

「派對喔。我想不了。」我說。

「有啤酒喔。」吉娜說。

「還有你可能會想要親的女生。」蘇西說。

我獨享的約會服務，正好是我的新年新願望。「也許吧。」我說。

「沒有也許。」吉娜說：「放輕鬆點啊。」

我不知道我為什麼會答應，但我就是這麼說了。「把地址給我，我到那裡跟妳們會合。我得先回家跟我爸媽說。」

我本來希望我爸媽會不准，但事情不是這樣發展的。「你真的要去參加派對喔？」我媽說。

「很意外有人邀請我嗎，媽？」

「不，只是意外你會想去。」

「今天是新年啊。」

「會有酒嗎？」

「我也不知道，媽。」

「你不能開卡車去，就這樣。」

「那我就不能去了。」

「派對在哪裡？」

「席佛路和耶冷路口。」

「那就在同一條路上。你可以走路。」

「現在在下雨耶。」

「早就停了。」

我媽基本上是直接把我丟出了家門。「去吧，好好享受。」

靠。還享受咧。

但你猜怎麼樣？我**確實**滿享受的。

我吻了一個女孩。不，是她吻我的。伊蓮娜，她也在場。伊蓮娜。她只是走到我身邊，然後說：「今天是新年前夕。所以新年快樂。」然後她靠上前來，吻了我。

我們接吻了。吻了很長一段時間。然後她低語：「你是全世界吻技最好的人。」

「不。」我說：「我才不是。」

「不要跟我爭。我最懂這些東西了。」

「好吧。」我說：「我不會跟妳爭的。」然後我們又再度接吻起來。

然後她說：「我得走了。」接著她就離開了。

我甚至沒有時間好好理解整件事，吉娜就出現在我眼前。「我看到囉。」她說。

「媽的，那又怎麼樣？」

「感覺如何？」

我只是看著她。「新年快樂。」然後我給了她一個擁抱。「我幫妳想了一個新年新希望。」

這使她笑了起來。「我還幫你列了個清單咧，亞里。」

我們站在那裡，笑到站不起來。

玩得這麼開心的感覺好奇怪。

第二十七章

有一天，家裡只有我一個人時，我打開了那個抽屜。抽屜裡放著一個大牛皮紙信封，上面寫著「柏納多」。我想要打開它。我想要知道裝在裡面的所有祕密。

也許我就會獲得解脫。但我為什麼沒有呢？我又沒有被關在監牢裡，對吧？

我把信封放了回去。

我不想要這樣做。我想要我媽把信封交給我。我想要她說：「這是你哥哥的故事。」

也許我想要的太多了。

第二十八章

但丁寫了一封短信給我。

亞里：

你會自慰嗎？我想你會覺得這個問題很好笑吧。但我很認真。我的意思是，你很正常。至少你比我正常。

所以你也許會自慰、也許不會。也許我最近對這個話題有點太著迷了。也許這只是一個階段。但是亞里，如果你會自慰，那你都是想著什麼事情？

我知道我該問我爸，但我不想。我愛我爸——但我真的應該什麼事都跟他說嗎？

十六歲的男生會自慰，對吧？一個星期幾次才正常啊？

你的朋友，

但丁

他寄這封信給我，真的讓我很生氣。不是因為他寫了這封信，而是因為他寄給我了。整件事都讓我難為情至極。**我一點都不想和但丁聊自慰的事。我一點都不想和任何人聊自慰的事。**

那傢伙有什麼毛病啊？

第二十九章

一月、二月、三月、四月。這幾個月幾乎是一眨眼就過去了。學校還可以。我唸書。我健身。我和腿腿一起慢跑。我在炭烤人上班。我和伊蓮娜玩捉迷藏。或者說，她和我玩捉迷藏。我不懂她。

有幾個週五晚上，我會在下班後開著卡車進入沙漠。我會躺在皮卡的車床上，看著天上的星星。

有一天，我直接約了伊蓮娜出去。我已經受夠了這種調情，這樣已經不好玩了。「我們一起去看電影吧。」我說：「妳知道，也許可以牽手什麼的。」

「我沒辦法。」她說。

「妳沒辦法？」

「永遠不行。」

「那妳為什麼要吻我？」

「因為你很好看。」

「只有這個原因？」

「而且你人很好。」

「所以那有什麼問題？」我開始意識到，伊蓮娜在玩一個我不喜歡的遊戲。

有時候她會在我週五晚上下班時來炭烤人，然後我們會坐在我的卡車上聊天。但是我們都不會講什麼重要的事。她比我還重視隱私。

接下來有個舞會，我在想，我也許可以約她去。我不在乎她已經拒絕過我一次了。而且，主動來炭烤人找我的不是她嗎？舞會前幾個星期，她在我打烊之前來到炭烤人門口。我們坐在卡車裡。「所以妳想要跟我去舞會嗎？」我說。我試著讓自己聽起來有自信一點，但我覺得我可能失敗了。

「我沒辦法。」她說。

「好。」我說。

「好？」

「對，沒關係。」

「你不想知道原因嗎，亞里？」

「如果妳想告訴我原因，妳就會說了。」

「好，我會告訴你為什麼我不能去。」

「妳不用告訴我。」

「我有男友，亞里。」

「哦。」我說。我說得雲淡風輕。「所以我是，嗯，我算是什麼，伊蓮娜？」

「你是我喜歡的男生。」

「好。」我說。我的腦中響起吉娜的聲音。**她只是在耍你而已**。

「他是幫派分子，亞里。」

「妳男友嗎？」

「對，如果他知道我在這裡，你會發生很不好的事。」

「我不怕。」

「你應該要怕的。」

「妳為什麼不跟他分手就好？」

「沒那麼簡單。」

「為什麼？」

「你是個好男孩，你知道嗎，亞里？」

「對，嗯，這爛透了，伊蓮娜。我不想要當個好男孩。」

「嗯，但你就是。我就愛你這點。」

「嗯，但事實是如此。」我說：「我當個好男孩，而幫派分子有女友。我不喜歡這部電影。」

「你生氣了。不要生氣。」

「不要叫我不要生氣。」

「亞里，請你不要生氣。」

「妳為什麼要吻我？妳為什麼要吻我，伊蓮娜？」

「我不應該那樣做的。對不起。」她只是看著我。在我來得及說話之前，她就離開了我的卡車。

週一時，我在學校裡找她。但我一直找不到。我叫吉娜和蘇西幫我。她們是很棒的偵探。吉娜的回報如下：「伊蓮娜輟學了。」

「為什麼？」

「就是這樣，亞里。」

「可以這樣嗎？這樣不會違法什麼的嗎？」

「她是十二年級生，亞里。她十八歲了。她是個成年人。她想做什麼都可以。」

「她不知道自己想要什麼。」

我找到了她的住址。她爸爸的電話登記在黃頁裡。我去到她家門口，敲了門。她哥哥走了出來。「嗯？」他只是看著我。

「我來找伊蓮娜。」

「你想要幹麼？」

「她是我朋友。學校的朋友。」

「朋友？」他只是點著頭。「聽著，老兄，她結婚了。」

「什麼？」

「她懷孕了。她跟那個男的結婚了。」

我不知道該說什麼，所以我什麼也沒說。

那天晚上，我和腿腿一起坐在卡車裡。我一直想著，我把接吻看得太重要了。

我向自己保證，我要成為世界上對接吻最隨便的人。

接吻一點都不代表什麼。

第三十章

親愛的亞里：

七比一。那是但丁寫信和亞里寫信的比率。只是說說而已。等我這個夏天回去，我就要帶你去游泳，然後淹死你。幾乎啦。然後我會給你口對口人工呼吸，把你再救活。聽起來怎麼樣？我覺得不錯。我有沒有嚇壞你啊？

所以，講到接吻這檔事。我最近和一個女孩實驗了幾次。我的意思是實驗接吻。她吻技很好。她教了我很多這個領域的知識。但她最後終於跟我說：「但丁，我覺得，你在吻我的時候，其實都在吻別人。」

「對。」我說：「應該吧。」

「你在吻另一個女孩嗎？還是男孩？」

我覺得這個問題非常有趣又放肆。

「男孩。」我說。

「我認識的人嗎？」她問。

「不。」我說：「我想我只是在腦中捏造了一個男生的形象。」

「隨便一個男生嗎？」

「對。」我說：「長得很帥的男生。」

「嗯，好。」她說：「跟你一樣帥嗎？」

我聳聳肩。她人很好，覺得我很帥。我們現在是朋友了。這樣不錯，因為我現在不覺得我在誤導她了。而且無論如何，她也對我坦白，她之所以喜歡在派對上和我接吻，是因為她想要讓一個她很喜歡的男生吃醋。這使我笑了起來。她說這樣其實沒有效。「也許他寧可吻你，而不是我。」她說。我哈哈了幾聲。我不知道她在說哪一個男生。但我得告訴你實話，亞里，儘管和芝加哥的特權孩子們一起玩真的很大開眼界，有喝不完的啤酒、烈酒和大麻，他們其實也沒那麼有趣。至少對我來說是如此。

我想要回家。

我就是這樣跟我爸媽說的。「我們現在可以走了嗎？我們這邊的事忙完了嗎？」當然，我爸就是個聰明的混蛋，他只是直直看著我的雙眼，說：「我以為你討厭艾爾帕索？我告訴你我們要搬去艾爾帕索的時候，你不是這樣說的嗎？你說：『乾脆開槍打死我好了，爸。』」

我知道他想幹麼。他想要我承認我錯了。嗯，我直視著他說：「我錯了，爸。你開心了嗎？」

他露齒一笑。「開心什麼，但丁？」

「開心我認錯了啊？」

他吻了吻我的臉頰，說：「對，但丁，我很開心。」

重點是，我愛我爸，也愛我媽。我一直在想，如果哪一天我告訴他們，我想要跟男生結婚，他們會怎麼說？我不知道要怎麼展開那個對話。我是個獨生子。那孫子的事又該怎麼辦呢？我討厭讓他們失望，亞里。我知道我也讓你失望了。

我有點擔心，等我回去之後，我們就不會是朋友了。我猜我就是得應付這些事吧。我討厭對別人說謊，亞里。尤其討厭對我爸媽說謊。你知道我對他們的想法。

我想我只能直接告訴我爸了。我有一番小小的演說。開頭像是這樣：

「爸，我有些事想要跟你說。我喜歡男生。不要討厭我。請不要討厭我。我的意思是，爸，你也是個男生啊。」這番演說不太連貫。我還需要修整一下。聽起來太缺乏愛了。我討厭這樣。我不想要聽起來很缺乏愛。就算我和大部分的人站不同邊，也不代表我就是一個乞求著別人來愛我的可憐人。我還是有點自尊的。

對，我知道，我一直說個不停。再過三個星期，我就要回家了。家耶。又一個夏天，亞里。你覺得我們會不會老到不適合在街上玩了？大概吧。也許不了。聽著，我只想要你知道，我不想要你覺得，等我回去之後，你又不得不當我的朋友了。我不算是非常適合當摯友的人，對吧？

你的朋友，

但丁

P.S. 如果不和救了你一命的人做朋友，那就太奇怪了，對吧？我這樣打破規則了嗎？

第三十一章

學期的最後一天，吉娜給了我真心的稱讚。「你知道，你的那些健身把你變成一個健美先生了。」

我對她微笑。「這是妳對我說過最中聽的話了。」

「所以，你有打算慶祝暑假的第一天嗎？」

「我今天晚上要上班。」

她微笑。「好認真喔。」

「妳跟蘇西要去派對嗎？」

「對。」

「妳們都不會去到煩嗎？」

「別蠢了。我十七歲耶，白痴。我當然玩不膩。你知道嗎，你就是個老人的靈魂，困在十七歲的身體裡。」

「我到八月才滿十七歲。」

「那就更糟了。」

我們都笑了起來。

「妳可以幫我一個忙嗎？」我說。

「如果我今晚開去沙漠裡喝醉了，妳和蘇西可以把我載回家嗎？」我甚至不知道我打算這麼說。

她笑了。她的微笑很好看。真的很好看。

「當然。」她說。

「妳們的派對怎麼辦？」

「看著你敞開心胸，亞里。這也算是個派對。我們還可以幫你買啤酒。」她說：「來慶祝學期結束。」

我下班回家時，吉娜和蘇西正在我家前面的臺階上等著我。他們正在和我爸媽聊天。當然了。我怎麼會蠢到叫她們來我家會合呢？我在想什麼啊？而且我還沒有想好理由。對，媽，我們要去沙漠，而且我還要把自己喝個爛醉。

但吉娜和蘇西很不錯。她們完全沒有提到說好要帶來的啤酒。她們在我爸媽面前表現得像兩個好女孩。也不是說她們不好，她們就是這樣的人：想要假裝自己是壞女孩的好女孩，但是她們永遠都不可能變成壞女孩，因為她們實在太乖了。

我開到家門口時，我媽很興奮。她的舉止並沒有特別激動，但我知道她的表情。**終於有朋友了！你要去參加派對了！**對，好吧，我很愛我媽。我媽。我媽認識吉娜的爸媽，後者又認識蘇西的爸媽，而他們又認識所有人。當然了。

我記得自己在房間裡更衣梳洗。我記得看著鏡中的自己。我記得我低語道：「**你是個漂亮的男孩**。」我自己並不相信──但我想要相信。

所以除了腿腿和我爸媽之外，第一批搭上我卡車的人，是吉娜・納瓦洛和蘇西・博德。「妳們毀了我卡車的貞操。」我說。她們翻了個白眼──然後笑到直不起腰。

我們先開去了吉娜的表親家，拿了一個裝滿啤酒和可樂的冰桶。我讓吉娜開車，確保她知道要怎麼開手排卡車。她是個專家，開得比我還要好，不過我沒有告訴她。今天晚上很完美，沙漠的微風中還有一點涼意，夏天的熱氣仍有一步之遙。

我、蘇西和吉娜坐在卡車的車床裡。我喝著啤酒，抬眼看著星星。而我發現自己低語著：「你覺得我們有一天會解開全宇宙的祕密嗎？」

我很訝異地聽見蘇西的聲音回答了我的問題。「這樣就太美好了，不是嗎，亞里？」

「對。」我說：「真的很美好。」

「亞里，你覺得愛跟全宇宙的祕密有關係嗎？」

「我不知道。也許吧。」

蘇西微笑著。「你愛伊蓮娜嗎？」

「沒有，也許有一點點吧。」

「她有讓你心碎嗎？」

「沒有，我根本不認識她。」

「你有戀愛過嗎？」

「我的狗算嗎？」

「嗯，至少算點東西吧。」我們都笑了起來。

蘇西慢慢啜著一罐可樂，我則灌著一瓶又一瓶的啤酒。「你喝醉了嗎？」

「算是吧。」

「所以你為什麼會想要喝醉？」

「這樣我才會有感覺。」

「你是個白痴。」她說：「你是個好人，但你絕對是個白痴。」

我們在卡車後車箱裡躺下，只是抬眼看著夜空。我其實沒有那麼醉。我只是讓自己有點微醺。我聽著吉娜和蘇西聊天，而我想，她們知道要怎麼聊天、怎麼大笑、怎麼在這世界上存在，這樣真好。但也許這對女孩來說比較容易。

「還好妳們帶了毯子來。」我說：「想得真周到。」

吉娜笑了。「女孩子就是這樣，很會想。」

不知道愛上一個女孩、知道女孩怎麼想、或者用女孩的眼睛看世界，會是什麼感覺。也許她們知道的比男生們還多。也許她們理解一些男孩永遠都不會理解的事。

「可惜我們不能永遠躺在這裡。」

「太可惜了。」蘇西說。

「太可惜了。」吉娜說。

太可惜了。

記得那場雨

「耐心翻頁
尋找意義」

——W. S. 梅溫

第一章

夏天又來了。夏天，夏天，夏天。我對夏天又愛又恨。夏天有著自己的邏輯，也總是會帶出我心中的一部分。夏天應該代表著自由、青春、不必上學，還有各種可能性、冒險和探索。夏天是一本希望之書。所以我對夏天又愛又恨。因為它讓我想要相信。

我腦中迴盪著那首愛麗絲．庫柏（Alice Cooper）的歌。

我下定決心，這將會是屬於**我的**夏天。如果夏天是一本書，那我要在裡頭寫下美麗的篇章。用我自己的筆跡。但我不知道要寫什麼，而那本書已經為我寫好了。夏天已經沒有那麼充滿希望了。它已經意味著更多的工作和義務了。

我在炭烤人全職工作。我從來沒有一週工作四十個小時過。不過我喜歡工作的時間：早上十一點到晚上七點半，週一到週四。這代表我可以睡到飽，而且如果我想要的話，我還能出門。但我也不知道要去哪裡。週五的時候，我就會比較晚去，然後待到十點打烊。這個日程表還不錯——而且我週末都休假。所以還可以。但現在夏天耶！週六下午，我媽又幫我安排了食物銀行的志工。我沒有跟她吵。

我的人生還是別人的點子。

學校放假後的第一個星期六，我很早就起床了。我穿著慢跑短褲坐在廚房裡，喝著一杯柳橙汁。我看向正在讀報紙的媽媽。「我今晚上要上班喔。」

「我以為你週六沒有班。」

「我只是要幫麥可代幾小時的班。」

「他是你的朋友嗎？」

「不算是。」

「你人真好，願意幫他代班。」

「我不是免費代班的。我還是有薪水。而且也是妳把我養成一個好人的。」

「你聽起來不是很開心。」

「當好人有什麼好開心的？如果妳想聽實話的話，我比較想當壞男孩。」

「壞男孩？」

「妳知道的。切・格瓦拉（Che Guevara）啊。詹姆斯・迪恩（James Dean）啊。」

「誰又阻止得了你呢？」

「我正在看著她呢。」

「對，都怪你媽就好了。」她笑了起來。

我呢，我正在思考我到底是不是在開玩笑。

「你知道，亞里，如果你真的想要當個壞男孩，你就會直接動手了。壞男孩最不需要的就是媽媽的許可了。」

「妳覺得我需要妳的許可嗎？」

「我不知道要怎麼回答這個問題。」

我們對看著。我總是不小心和我媽講起我不想聊的話題。「如果我辭職呢？」

她只是看著我。「好啊。」

我知道她的語調。「好」的意思代表我滿嘴屁話。我知道她的暗號。我們對看了五秒鐘——感覺像是一輩子。

「你已經老得不能拿零用錢了。」她說。

「也許我可以去幫忙除草。」

「很有想像力。」

「對妳來說太墨西哥了嗎，媽？」

「不，只是太不穩定了。」

「煎漢堡，這個就很穩定。不是非常有想像力，但是很穩定。仔細想想，這對我來說倒是很完美。我也是穩定又沒有想像力。」

她搖搖頭。「你這輩子就要這樣不斷找自己的碴嗎？」

「妳說得對。也許我整個夏天都不要工作了。」

「你還在唸高中，亞里。你還沒有要開發自己的事業。你只是在想辦法賺一點錢。你正在轉變期。」

「轉變期？妳算是哪門子的墨西哥媽媽啊。」

「我是個受過教育的女人。這不代表我就不夠墨西哥了，亞里。」

她聽起來有一點生氣。我喜歡她的怒火，也希望我可以看到更多。她的怒火和我或我爸的不一樣。她的怒火並不會使她動彈不得。「好吧，我懂妳的意思，媽。」

「是嗎？」

「媽，不知道為什麼，我總覺得妳把我當成一個研究對象。」

「對不起。」她說。但她並不抱歉。她看著我。「亞里，你知道什麼是生態過渡帶嗎？」

「是兩個不同的生態圈重疊的區域。在生態過渡帶裡，兩種生態系的元素都會出現在地表上，就像是天然的國界。」

「聰明的孩子。轉變期。我不需要再說下去了，對吧？」

「不，媽，不用了。我居住在生態過渡帶，工作和耍白痴一定要並行。責任感和沒責任感也要並存。」

「之類的。」

「我在好兒子入門課拿到第一名了嗎？」

「別生我的氣，亞里。」

「我沒有。」

「你當然有。」

「妳真是個老師耶。」

「聽著，亞里，你快十七歲並不是我的錯。」

「等我二十五歲的時候，妳仍舊會是個老師。」

「嗯，這樣講很刻薄喔。」

「對不起。」

她打量著我。

「真的，媽。對不起。」

「我們每次都要用吵架來開啟你的夏天，對不對？」

「這是個傳統。」我說：「我要去慢跑了。」

我轉過身時，她抓住我的手臂。「聽著，亞里，我也很抱歉。」

「沒關係的，媽。」

「我懂你，亞里。」她說。

我想要告訴她一句我也想告訴吉娜・納瓦洛的話。沒有人懂我。

然後她就做了一件我知道她會做的事——她用手梳了我的頭髮。「如果你不想，你也不用工作。你爸和我會很樂意給你錢的。」

我知道她是認真的。

但那不是我想要的。我不知道我想要什麼。「不是為了錢，媽。」

她什麼都沒說。

「好好享受夏天，亞里。」

她說這句話的方式，她看我的眼神。有時候她話裡面的愛多得讓我無法承受。

「好的，媽。」我說：「也許我會談戀愛喔。」

「有何不可？」她說。

有時候父母太愛自己的孩子了，甚至還幫他們編造了一整個浪漫的人生故事。他們認為我們的青春可以幫助我們克服一切。也許爸媽都忘了一個小小的事實：在十七歲的邊緣也許既嚴苛又痛苦，又令人困惑。在十七歲的邊緣真的爛透了。

第二章

腿腿和我一起跑過但丁家門口，並不是意外之舉。我知道他要回來了——我只是不知道確切的時間。他離開芝加哥的那一天，有寄一張明信片給我：**我們今天要從華盛頓特區開車回去了。我爸說他要去眾議院圖書館看個東西。快見面啦。愛你的，但丁。**

我抵達公園的時候，便解開腿腿的牽繩，儘管我知道我不該這麼做。我喜歡看著她到處跑。我喜歡狗兒的天真、單純和牠們的熱情。牠們沒有聰明到會隱藏自己的情感。牠們就只是存在。狗就只是狗。狗有一種簡單的優雅，讓我羨慕不已。我把她叫了回來，繫上牽繩，再度開始慢跑。

「亞里！」

我停下腳步，然後轉過身。他就在那裡，但丁·昆塔納，就站在他家前廊上，用誠實又真摯的微笑對著我揮手，和他問我要不要學游泳的時候一樣的表情。

我也揮了揮手，並朝他家走去。我們站在那裡，對看了一分鐘。我們一句話也沒說，感覺好奇怪。接著他跳出了前廊，給我一個擁抱。「亞里！看看你！頭髮好長了！你現在看起來像是沒留鬍子的切・格瓦拉了。」

「真好。」我說。

腿腿對他吠了起來。「你得拍拍她。」我說：「她討厭被忽視。」

但丁跪下來，拍拍她，然後吻了吻她。腿腿舔著他的臉，好難說他們誰比較熱情。「腿腿，腿腿，真高興認識妳。」他看起來好快樂，而我不禁思索起他隨時保持快樂的能力。這個能力是從哪裡來的呢？我心中也有這種快樂嗎？我只是因為害怕嗎？

「你這一身肌肉是哪來的啊，亞里？」

我看著他站在我面前，問我這些不假思索的問題。

「我爸收了一些舊槓鈴在地下室。」我說。然後我意識到，他現在已經比我高了。「你怎麼長大這麼多啊？」我說。

「一定是因為太冷了。」他說：「一百八十公分。我現在和我爸一樣高。」他打量著我。「你比我矮——但你的髮型讓你看起來更高了。」

這使我笑了起來，儘管我不知道為什麼。他再度擁抱我，低語道：「我好想你，亞里・曼杜沙。」

我一如往常地不知道要說什麼，所以我什麼也沒說。

「我們還會是朋友嗎？」

「別蠢了，但丁。我們**本來**就是朋友啊。」

「我們永遠都會是朋友嗎？」

「永遠。」

「我永遠不會對你撒謊的。」他說。

「我可能會喔。」我說，然後我們笑了起來。而我想著，**也許這個夏天只會充斥著笑聲，沒有別的了。也許就是這個夏天。**

「來和爸媽打招呼吧。」他說：「他們也會想要見你的。」

「他們可以出來嗎？腿腿在這裡耶。」

「腿腿可以進來。」

「我覺得你媽不會喜歡喔。」

「如果是你的狗，狗就可以進來。相信我。」他壓低音量，變成了耳語。「我媽還沒有忘記雨中的那場意外。」

「那是好久以前的事了。」

「講到記憶，我媽可是跟大象一樣。」

但我們不需要測試但丁的媽媽對狗進屋有什麼想法了，因為就在此時，昆塔納先生出現在前門，然後對著他的妻子大喊：「喬麗黛，猜猜誰來啦？」

他們包圍著我，擁抱我、說著一堆好話，而我好想哭。因為他們的熱情好真實，而不知道為什麼，我覺得我好像配不上，或者是因為我覺得他們是在擁抱救了他們兒子一命的那個人。

我希望他們是因為我是亞里而擁抱我，而我對他們來說永遠不可能只是亞里了。但我早已學會如何隱藏自己的情緒。不，不是這樣的。我沒有學過這件事。我天生就知道該如何隱藏自己的情緒。

他們很高興見到我。而事實是，我也很高興見到他們。

我記得自己告訴昆塔納先生，我在炭烤人工作。他對但丁竊笑起來。「工作耶，但丁，是個好點子呢。」

「我會去找工作的，爸。真的。」

昆塔納太太看起來很不一樣。我不知道，好像她體內藏了一整顆太陽。我從來沒有見過這麼美麗的女人。

她看起來比我前一次看到她時年輕多了。更年輕，而不是蒼老。她當然也不老。她生但丁的時候才二十歲，我知道。所以她現在三十八歲左右。但她看起來比早晨的陽光還要年輕，也許就是早晨的陽光。

我聽著他父母講他們在芝加哥的日子，然後我聽見但丁的聲音。「我什麼時候可以搭你的卡車？」

「下班之後如何？」我說：「我七點半下班。」

「你得教我開車，亞里。」

我看見他媽媽臉上的表情。

「這不是應該是爸爸的工作嗎？」我說。

「我爸是世界上最爛的駕駛。」他說。

「並不是。」昆塔納先生說：「只是艾爾帕索最爛的。」他是我認識的男人中，唯一一個承認自己是個爛駕駛的男人。在我離開之前，他媽媽把我拉到一旁。「我知道你遲早會讓但丁開你的卡車的。」

「我不會的。」我說。

「但丁非常有說服力。你只要保證你們會小心就好。」

「我保證。」我對她微笑。她散發出來的某種氣質，使我感到充滿了信心，又自在無比。我在大部分人身邊都沒有這種感覺。「我知道我這個夏天要開始應付兩個媽媽了。」

「你也是這個家庭的一分子。」她說：「沒什麼好爭的。」

「我很確定我總有一天會讓妳失望的，昆塔納太太。」

「不。」她說。儘管她的聲音可以非常堅定，但在這一刻，她的聲音幾乎和我媽一樣地溫柔。「你對自己好嚴格，亞里。」

我聳聳肩。「也許這就是我的樣子。」

她對我露出微笑。「想念你的人可不只是但丁一個人而已。」

這是我爸媽以外的成年人對我說過最美好的話了。而我知道昆塔納太太看見了我身上的某種特質，並且很愛我。

儘管我覺得這是一件美好的事，我也感覺到了它的重量。

這本不應該是個重擔，但愛對我來說總是沉重的，這是我得背負的重擔。

第三章

八點左右，腿腿和我去接了但丁。太陽還沒下山，但日落得很快，而且天氣很熱。我按了按喇叭，但丁就出現在家門口。「這就是你的卡車！好帥喔！太美了，亞里！」

對，我知道我臉上的笑容一定很蠢。我愛我的卡車，我就是需要有人來欣賞我的代步工具。對，是**需要**。這是事實。我不知道為什麼，但開卡車的人就是這樣。腿腿和我跳下卡車，看著但丁繞著卡車欣賞。「一道刮痕也沒有。」他說。

「因為我都不會開去學校。」

但丁微笑。「真的是鍍鉻的輪框耶。」他說：「你真的是墨西哥人，亞里。」

這使我笑了起來。「你也是啊，混蛋。」

「不，我永遠都不可能是真墨西哥人。」

這對他來說為什麼這麼重要？但這對我來說也很重要。他正準備要說什麼，但他隨後就注意到他的父母走下前門的臺階。

「好讚的卡車，亞里！哇，真是經典。」昆塔納先生表現出的熱烈，就像但丁一樣毫無矯飾。

昆塔納太太只是微笑著。兩人圍繞著卡車檢視，對它微笑著，好像他們在街上遇到老朋友一樣。「好美的卡車，亞里。」我沒想到昆塔納太太會這麼說。但丁的注意力已經轉向正在舔他臉的腿腿了。我不知道自己是哪根筋不對了，但我把鑰匙拋給了昆塔納先生。「如果你想要的話，你可以帶你女友去繞一圈。」我說。

他的微笑中一點猶豫都沒有。我知道昆塔納太太正在試著壓抑自己心中仍然存在的那個少女。但是就算沒有她先生的微笑，她心中所擁有的那一切看起來卻都更為深沉。我覺得我好像開始理解但丁的媽媽了。我知道那很重要。我也知道原因。

我喜歡看著他們，看著他們三人站在我的卡車邊。我希望時間暫停，因為一切看起來都是那麼的簡單，但丁和腿腿愛著彼此，但丁的爸媽一邊看著我的車，一邊回憶起了年輕時的種種，而我則是驕傲的主人。我擁有一些價值了——儘管這只是一輛喚醒大家甜美鄉愁的老卡車。好像我的眼睛突然成為了一臺相機，而我正在拍攝眼前的這一刻，並知道我會永遠珍藏這一幅照片。

但丁和我坐在家門前的臺階上，看著他爸爸發動我的卡車，他媽媽則靠在他身上，像是第一次去約會的少女。

「幫她買一杯奶昔！」但丁大喊：「女生最喜歡你幫她們買東西了！」

我們可以看見他們開走時哈哈大笑的樣子。

「你爸媽啊。」我說：「有時候他們真像小孩子。」

「他們很快樂。」他說：「你爸媽呢？他們快樂嗎？」

「我爸媽，他們跟你爸媽不一樣。但我媽很疼我爸。我知道這點。我覺得我爸也很愛我媽。他只是表現慾不強。」

「表現慾。這可不是亞里的用詞。」

「你在取笑我。我的詞彙量已經提升了。」我用手肘撞了他一下。「我在準備考大學。」

「一天記幾個新單字啊？」

「你知道，就幾個吧。我比較喜歡以前的舊詞。它們就像老朋友一樣。」

但丁也撞了我一下。「表現慾。這個詞以後會變成老朋友嗎？」

「我覺得不會喔。」

「你跟你爸一樣，對吧？」

「對，我猜是吧。」

「我媽也有點掙扎，你知道嗎？她不會自然表現情感。所以她才會嫁給我爸。我是這樣想的啦。他會把她所有的感情都挖出來。」

「那他們就是絕配。」

「對，沒錯。好笑的是，有時候我覺得我媽愛我爸的程度比他愛我媽的程度還高。這樣說合理嗎？」

「嗯，我猜是吧。也許。愛是一場競賽嗎？」

「那是什麼意思？」

「也許每個人愛的方式都不一樣。也許這才是重點。」

「你有發現你現在在說話嗎？我是說，你真的在說話耶。」

「我本來就會說話，但丁。別那麼混蛋。」

「你有時候會說話。但有時候，我不知道，你只會迴避。」

「我已經盡我最大的努力了。」

「我知道。我們之間還有什麼規則嗎，亞里？」

「規則？」

「你知道我在說什麼。」

「對，我猜我知道。」

「所以，有什麼規則？」

「我不親男生。」

「好，所以第一條規則是：不准試著親亞里。」

「對，這是第一條。」

「我也有一個規則。」

「好，很公平。」

「不准從但丁身邊逃離。」

「那是什麼意思？」

「我覺得你知道那是什麼意思。有一天，一定會有人跟你說：『你為什麼要跟那個同性戀在一起？』如果你沒辦法以朋友的身分站在我身邊，亞里，如果你做不到的話，那也許你最好，你知道——我會難過死的。你知道我會難過死的，如果你——」

「那這就是忠誠度的問題了。」

「對。」

我笑了。「我的規則比較難遵守耶。」

他也笑了。

他碰了碰我的肩膀——然後微笑。「屁啦，亞里。你的規則比較難遵守？屁啦。再屁啊。你只是需要對你這輩子認識最耀眼的人保持忠誠而已——這就像是光著腳走過公園一樣簡單。但是我呢，卻得阻止自己親吻全宇宙最優秀的傢伙——這就像是光著腳走在煤炭上一樣難。」

「我看你還是一樣喜歡光著腳走路啊。」

「我永遠都會討厭穿鞋。」

「我們再來玩那個遊戲吧。」我說：「就是你想出來的，要把你的網球鞋砸爛的遊戲。」

「那時候很好玩，對吧。」

他的說法，好像他知道我們再也不會玩那個遊戲了一樣。我們現在長大了。我們已經失去了某些東西，我們都知道。

有很長一段時間，我們什麼都沒說。

我們只是坐在他家的臺階上。等待著。我看向他，然後發現腿腿把頭靠在但丁的大腿上。

第四章

那天晚上，但丁、我和腿腿開車去了沙漠。去我最喜歡的地方。才剛過黃昏，星星才剛離開它們日間隱藏的地方。

「下一次，我們就帶我的望遠鏡來。」

「好主意。」我說。

我們躺在車床上，盯著剛降下的夜。腿腿在沙漠中探索著，我不得不叫她回來。她跳上卡車，在我和但丁之間舒服地躺下。

「我愛腿腿。」但丁說。

「她也愛你。」

他指向天空。「看到大熊座了嗎？」

「沒有。」

「在那裡。」

我研究著天空。「有，有。看到了。」

「太不可思議了。」

「**真的**很不可思議。」

我們沉默了一會，只是躺在那裡。

「亞里？」

「嗯？」

「你猜怎樣？」

「怎樣？」

「我媽懷孕了。」

「什麼？」

「我媽要生小孩了。你相信嗎？」

「靠。」

「芝加哥很冷，我爸媽找了一個方法取暖。」這使我笑了起來。

「你覺得父母有沒有一天會老得不想再做愛？」

「我不知道。我不覺得這是會因為變老就不想做的事。我怎麼會知道呢，我還在等著長大來做這件事呢。」

「我也是。」

我們又沉默了。

「哇喔，但丁。」我低語。「你要當大哥了。」

「對，真的很大的大哥。」他看向我。「這會不會讓你想到——你哥哥叫什麼名字？」

「柏納多。」

「這會讓你想到他嗎？」

「什麼都會讓我想到他。有時候，我自己一個人開著皮卡，我就會想到他，也會猜想他喜不喜歡卡車，然後我會想像他是什麼樣子，然後我會希望自己真的認識他——我不知道——我就是放不下。我的意思是，我從來沒有真正認識過他。所以為什麼這會這麼重要？」

「如果你覺得它重要，那就是重要啊。」

我什麼也沒說。

「你在翻白眼嗎？」

「對，我猜是吧。」

「我覺得你應該要跟你父母直說。你應該要跟他們一起坐下來，然後叫他們跟你說。叫他們像個大人。」

「你沒辦法逼他們像個大人，尤其是大人。」這使但丁笑了起來，我們大笑不止，使腿腿開始對我們狂吠。

「你知道。」但丁說：「我也需要接受我自己的意見。」他頓了頓。「我一直祈禱我媽懷的是兒子，而他最好要喜歡女生。因為如果他不是的話，我一定會宰了他。」

這使我們又笑了起來。腿腿又吠了。

我們再度安靜下來後，我聽見但丁的聲音，而他的聲音在沙漠的夜空下感覺好微小。「我得告訴他們，亞里。」

「為什麼？」

「因為我必須要。」

「但是，如果你哪天愛上了一個女生怎麼辦？」

「不可能的，亞里。」

「他們永遠都會愛你的，但丁。」

他一句話也沒說，然後我聽見他哭了起來。所以我只是讓他哭。我什麼也做不了，只能聽著他的痛苦。這我還辦得到。我幾乎無法忍受，但我做得到。只要聽著他的痛苦就好了。

「但丁。」我低語。「你看不出來他們有多愛你嗎？」

「我會讓他們失望的。就像我讓你失望了一樣。」

「你沒有讓我失望，但丁。」

「你會這麼說，只是因為我哭了吧。」

「不，但丁。」我從躺著的地方坐了起來，坐在卡車後擋板打開的邊緣。他也坐了起來，我們看著彼此。「別哭了，但丁。我沒有失望。」

開回市區的路上，我們在一間得來速漢堡店暫停，買了一杯麥根沙士。「所以你這個夏天要做什麼？」我說。

「嗯，我要和主教高中的游泳隊一起練習，我還要畫畫，還要找一份工作。」

「真的，你要找工作了？」

「天啊，你聽起來跟我爸一樣。」

「嗯，你為什麼想要工作？」

「我想學習人生的事。」

「人生。」我說：「工作，靠。生態過渡帶。」

「生態過渡帶？」

第五章

一天晚上，我和但丁在他的房裡玩。他已經開始用畫布畫畫了。他正在用畫架畫著一幅畫。整幅畫都用布蓋住了。

「我可以看嗎？」

「不行。」

「你畫完之後呢？」

「可以，等我畫完之後。」

「好吧。」我說。

他躺在床上，我則坐在他的椅子上。

「最近有讀到什麼好詩集嗎？」我說。

「沒有耶。」他看起來有點心神不寧。

「你在嗎，但丁？」

「在啊。」他說。他從床上坐了起來。「我在想接吻的事。」他說。

「喔。」我說。

「我的意思是，你如果沒有親過男生，你怎麼會知道你不喜歡呢？」

「我覺得你就是會知道，但丁。」

「嗯，你有過嗎？」

「你知道我沒有。你呢？」

「沒有。」

「嗯，也許你也不是真的想親男生。也許你只是覺得你想。」

「我覺得我們應該要實驗一下。」

「我知道你要說什麼，我的答案是不。」

「你是我最好的朋友，對吧？」

「對，但現在我真的很後悔。」

「我們試試看就好。」

「不要。」

「我不會跟別人說啦。拜託。」

「不要。」

「聽著，只是一個吻而已。你知道的。這樣我們兩個就都會知道了。」

「我們已經知道了。」

「在真的做過之前，我們是不會知道的。」

「不要。」

「拜託，亞里。」

「但丁。」

「站起來。」

我不知道我為什麼要這麼做，但我照做了。我站起身。

然後他就站在我面前。

「閉上眼。」他說。

所以我閉上眼睛。

然後他吻了我。我也回吻他。

然後他開始認真地吻我，而我退開了。

「如何？」他說。

「對我沒用。」我說。

「什麼都沒有嗎？」

「沒有。」

「好吧，但對我來說真的很有用。」

「對，我想我也猜得到，但丁。」

「所以，嗯，就這樣結束了，對吧？」

「對。」

「你會生我的氣嗎？」

「有一點。」

他又坐回床上。他看起來很難過。我不喜歡看他這樣。「我比較生自己的氣。」

我說：「我總是讓你說服我做這些事。這不是你的錯。」

「對。」他低語。

「不要哭，好嗎？」

「好。」他說。

「你在哭。」

「我沒有。」

「好吧。」

「好。」

第六章

我一連幾天都沒有打給但丁。

他也沒有打給我。

但不知道為什麼，我知道他一定很悶。他很不開心，而我也不開心。所以幾天過後，我就打給他了。「你早上想要去慢跑嗎？」我說。

「幾點？」他說。

「六點半。」

「好。」他說。

以一個不跑步的人而言，他跑得很好了。和但丁一起跑，我跑的速度慢了很多，但是沒關係。我們稍微聊了幾句，也有一起笑一笑。跑完步之後，我們和腿腿去公園玩飛盤，然後我們就沒事了。我需要我們恢復正常，他也是。所以我們就和好了。

「謝謝你打來。」他說：「我想說你也許不會再打給我了。」

日子奇怪地正常了一小段時間。我並不希望這個夏天這麼正常，但正常也還可以，我可以接受。我早上都會去跑步和健身，然後去工作。

有時候但丁會打來，我們就聊聊天。沒有什麼特定的話題。他正在畫一幅畫，然後他也在克恩（Kern Place）的藥房找到了一份工作。他說他喜歡在那邊工作，因為他下班的時候，他可以去德州大學的圖書館坐一坐。身為教授的兒子還是有點特權的。然後他說：「你絕對想不到有哪些人會來買保險套。」

我不知道他這麼說是不是為了要逗我笑，但我笑了。

「我媽在教我開車了。」他說：「我們大多時候都在吵架。」

「我會讓你開我的皮卡。」我說。

「這是我媽最深層的惡夢。」他說。

我們又笑了起來。這樣很棒。少了但丁的笑聲，夏天就不像夏天了。我們在電話上聊很多，但夏天剛開始的那幾週，我們不太常見面。

他很忙。我也很忙。

其實我覺得我們是忙著在迴避彼此。儘管我們不希望那個吻變成一件大事，但它確實是。我們需要一點時間，才能讓那個吻的幽靈消失。

有天早上，我慢跑回來時，我媽出門了。她留了一張字條，告訴我她今天要去重新安排食物銀行的事。「你什麼時候要開始來排週六下午的班？你答應過我的。」

我不知道為什麼，但我決定打給但丁。「我被我媽安排週六下午去食物銀行當志工。你想要跟我一起去嗎？」

「當然，我們要做什麼？」

「我想我媽會訓練我們的。」我說。

我很高興我問了。我很想他。現在他回來了之後，我就更想他了。

我不知道為什麼。

我沖了個澡，看了看時鐘。我還有一點時間可以打發。我發現自己打開了客房的抽屜。我發現自己手中拿著寫有「柏納多」的信封。我想要把它打開。也許如果打開了信封，我就會打開我的人生。

但我做不到。我把它丟回了抽屜裡。

我整天都在想我哥，但我連他長什麼樣子都不記得。我上班時一直搞錯訂單，經理叫我專心一點。「我不是請你來當花瓶的。」

我腦中有個髒話，但我沒有把它說出口。

下班後，我開到但丁家門口。「想喝酒嗎？」我說。

他打量著我的臉。「當然。」他至少還幫我留點面子，沒有問我發生什麼事。

我回家洗了澡，洗掉皮膚上薯條和洋蔥圈的味道。我爸正在看書。屋子顯得好安靜。「媽在哪裡？」

「她和你姊姊們去看你的奧菲莉亞阿姨了。」

「喔，對。我忘了。」

「家裡只有我跟你了。」

我點點頭。「聽起來很好玩啊。」我不是故意要這麼嘲諷的。

我知道他在打量我。「出了什麼事嗎，亞里？」

「沒有，我要出門了，但丁和我要在附近兜風。」

他點點頭。他一直盯著我看。「你看起來不太一樣，亞里。」

「怎樣不一樣？」

「很生氣。」

如果我夠勇敢的話，我就會這麼說：**生氣？我有什麼好生氣的？你知道嗎，爸？我不是很在乎你不願意告訴我越南的事。就算我知道那場戰爭影響你很深，我也不在乎你想不想談。但我在乎你不願意討論我哥哥的事。去你的，爸，我受不了和你們的沉默生活在一起。**

我想像著他的回答：**這樣的沉默救了我，亞里。你不知道嗎？你對你哥哥又為什麼那麼執著？**

我想像著我的爭論：**執著嗎，爸？你知道我從你和媽身上學到什麼嗎？我學到什麼都別說。我學到要怎麼把我所有的感覺都深埋在心底。我為此而討厭你們。**

「亞里？」

我知道我快要哭了。我知道他看得出來。我討厭讓我爸看見我內心的哀傷。

他對我伸出手。「亞里——」

「別碰我，爸。不要碰我。」

我不記得我是怎麼開到但丁家的。我只記得我把車停在他的家門外，並坐在車裡。

他父母正坐在門前的臺階上。他們對我揮了揮手，我也揮了揮手，然後他們就站在車外了，就在我的車門邊。我聽見昆塔納先生的聲音。「亞里，你在哭。」

「對，有時候會。」我說。

「你還是進來吧。」昆塔納太太說。

「不了。」

然後但丁出現了。他對我微笑，然後他對爸媽微笑。「我們走吧。」他說。

他爸媽什麼也沒問。

我只是開著車，我可以一路開下去。我不知道我是怎麼在沙漠中找到我的老位置的，但我找到了，好像我心中藏著一個羅盤似的。宇宙的其中一個祕密，是我們的直覺有時候比我們的心靈還要強大得多。我停好車後，便跳了下來，甩上車門。

「靠！我忘了帶啤酒。」

「我們不需要啤酒。」但丁低語。

「我們需要啤酒！我們需要他媽的啤酒，但丁！」我不知道我為什麼要大叫。我的叫聲變成了啜泣。我倒在但丁懷中大哭。

他抱著我，一句話也沒說。

另一個宇宙中的祕密：有時候痛苦就像出其不意的暴風雨。最清澈的夏天早晨，也有可能會在傾盆大雨中結束。也有可能會在雷電交加中結束。

第七章

我媽不在的感覺好怪。

我不習慣自己泡咖啡。

我爸留了一張字條給我。**你還好嗎？**

還好啊，爸。

我很高興腿腿的吠叫聲打破了家裡的沉默。她用她的方式提醒我該出門跑步了。腿腿和我那天早上跑得比較快。跑步時，我試著什麼也別想，但是卻行不通。

我想著我爸和我哥，還有但丁。我總是想到但丁，總是試著要搞懂他，總是想知道為什麼我們會是朋友，還有為什麼這對我如此重要。對我們都如此重要。我討厭思考人事物——尤其當他們是我無法解開的謎團的時候。我在腦中把話題轉向住在圖森（Tucson）的奧菲莉亞阿姨。不知道我為什麼從沒有去拜訪過她。我並不是不愛她。她獨居，我也可以付出一點努力的。但我從來沒有。我有時候會打給她就是。雖然有點奇怪，但我其實和她有話聊。她總是讓我覺得備受寵愛，我不知道她是怎麼辦到的。

沖完澡後，我一邊擦著身子，一邊看著鏡中自己的裸體。我仔細研究著。擁有身體的感覺是多麼奇怪啊。有時候我會有這種感覺。好奇怪。我記得我阿姨曾經告訴過我。「身體是個美好的東西。」沒有一個大人這樣對我說過。不知道會不會有一天，我也開始覺得自己的身體很美好。我的奧菲莉亞阿姨解開了宇宙中的幾個謎團。我覺得我好像一個都還沒有解開過。

我甚至連自己身體的謎團都還沒解開。

第八章

就在我去上班之前，我去了一趟但丁工作的藥房。我想我只是要確認他是不是真的找了一份工作。當我走進藥局時，他正在櫃檯後方，把香菸放到架上。

「你有穿鞋嗎？」我說。

他微笑了起來。我盯著他的名牌。**但丁．昆**。

「我才剛想到你呢。」他說。

「是喔？」

「有幾個女生不久前來過。」

「女生？」

「她們認識你。我們聊了一下。」

他還沒告訴我，我就知道他在說哪些女生了。「吉娜和蘇西。」我說。

「對，她們人很好，也很漂亮。她們跟你同校。」

「對，她們人很好又漂亮。又咄咄逼人。」

「她們看了我的名牌。然後她們對看一眼，其中一個人問我認不認識你。我覺得這個問題很好笑。」

「你怎麼跟她們說的？」

「我跟她們說，對。我說你是我最好的朋友。」

「你這樣跟她們說喔？」

「你**是**我最好的朋友啊。」

「她們還有問你別的嗎？」

「有啊，她們問我知不知道你弄斷腿的那個意外。」

「真是不敢相信。真是不敢相信！」

「什麼？」

「你有跟她們說嗎？」

「當然有了。」

「你跟她們說了？」

「你為什麼要生氣？」

「你告訴她們發生的事了嗎？」

「當然啊。」

「我們有過規則的，但丁。」

「你生氣了嗎？你在對我生氣嗎？」

「我們的規則是不准去談那次意外。」

「不對，那條規則是我們不能去談那個意外。不適用在別人身上。」

我身後已經排起了一條隊伍。

「我得開始工作了。」但丁說。

那天午後，但丁打來我工作的地方。「你為什麼要生氣。」

「我只是不想要其他人知道。」

「我不懂你，亞里。」他掛掉電話。

我預料中的事情發生了。就在我準備下班時，吉娜和蘇西出現在炭烤人。

「你說的是真的耶。」吉娜說。

「那又怎麼樣？」我說。

「那又怎麼樣？你救了但丁的命。」

「吉娜，我們不要聊這個了。」

「你聽起來很不高興，亞里。」

「我不喜歡聊這件事。」

「為什麼，亞里？你是個英雄耶。」蘇西・博德的語調有點奇怪。

「而且為什麼？」吉娜說：「我們對你最好的朋友一無所知？」

「對啊，為什麼？」

我看著她們兩人。

「他好可愛。我也會為了他捨身撲向行進中的汽車。」

「閉嘴啦，吉娜。」我說。

「他為什麼變成一個祕密了？」

「他不是個祕密。只是他唸的是主教高中而已。」

蘇西的臉上掛著痴迷的表情。「主教高中的男生都好帥。」

「主教高中的男生都爛死了。」我說。

「所以我們什麼時候可以認識他？」

「永遠別想。」

「喔，所以你想要獨占他。」

「夠了，吉娜，妳現在真的讓我很生氣了。」

「你對事情真的很敏感，你知道嗎，亞里？」

「去死吧，吉娜。」

「你真的不想要我們認識他，對吧？」

「我不是很在乎。妳知道他在哪裡工作了，去煩他就好。也許這樣妳們就不會再來吵我了。」

第九章

「我不懂你為什麼要這麼生氣。」

「你為什麼要跟吉娜和蘇西講整件事的經過？」

「這有什麼關係，亞里？」

「我們講好不去談這件事的。」

「我不懂你。」

「我也不懂我自己。」

我從他家前廊的臺階上站起來。「我要走了。」我看向對街。我記得但丁追向兩個把鳥打下來的男孩。

我打開卡車的門，爬了進去。我甩上門。但丁站在我前方。「你希望自己沒有救過我嗎？是這樣嗎？你希望我死了嗎？」

「當然不是。」我低語。

他只是站在那裡看著我。

我沒有回望他。我發動了卡車。

「你是全宇宙最深不可測的人了。」

「對。」我說：「我猜我是吧。」

爸和我一起吃了晚餐。我們很沉默。我們輪流餵腿腿吃盤裡的食物。「媽媽不會同意的。」

「嗯，一定不會。」

我們尷尬地對彼此一笑。

「我要去打保齡球了。你要去嗎？」

「保齡球？」

「對，山姆和我要去打保齡球。」

「你要跟但丁的爸爸去打保齡球？」

「對，他邀請我的。我想說出去走走也不錯。你和但丁要一起來嗎？」

「我不知道。」我說。

「你們兩個吵架了嗎？」

「沒有。」

我打了電話給但丁。「我們的爸爸要去打保齡球了。」

「我知道。」

「我爸想知道我們有沒有要一起去。」

「跟他說不要。」但丁說。

「好喔。」

「我有個更好的主意。」

昆塔納先生來接我爸。我覺得這樣好奇怪。我連我爸會打保齡球都不知道：「男孩之夜。」昆塔納先生說。

「不要酒駕喔。」我說。

「但丁已經帶壞你了。」他說：「那個對人畢恭畢敬的年輕人到哪裡去啦？」

「他還在呀。」我說：「我沒有叫你山姆，對吧？」

我爸看了我一眼。

「掰。」我說。

我看著他們開走，然後我看向腿腿。「我們走吧。」她跳上卡車，我們便開往但丁家。他正坐在前廊上，和他媽媽說著話。我揮揮手。腿腿和我跳下了卡車。我走上臺階，彎下身，給了昆塔納太太一個吻。我上一次見到她的時候，還只有打招呼跟握手呢。我覺得自己好蠢。「親臉頰一下就可以了，亞里。」她當時這麼說道。所以這就是我們新的打招呼方式。

太陽正在下山。雖然今天真的很熱，但是現在吹起了微風，雲朵也在聚集，看起來等等就要下暴雨了。看著昆塔納太太的頭髮被微風吹拂，使我想到了我自己的媽媽。「但丁在幫自己的小弟弟想名字。」

我看向但丁。「萬一是女生怎麼辦？」

「一定是男生。」他的聲音毫無懷疑。「我喜歡迪亞哥。我也喜歡喬金。我喜歡賈維爾。拉斐爾。我也喜歡麥克西米萊諾。」

「這些名字都滿墨西哥的。」我說。

「嗯，對，我要遠離古老經典的那些名字。再說了，如果他有個墨西哥名字，他或許就會**覺得**自己更像是墨西哥人了。」

他媽媽臉上的表情使我意識到，他們已經談過這個話題好幾次了。

「山姆呢？」我說。

「山姆還可以。」他說。

昆塔納太太笑了起來。「媽媽有沒有發表意見的餘地啊？」

「不。」但丁說：「媽媽只能負責把工作都做完。」

她靠向前吻了吻他。她抬眼看向我。「所以你們兩個要去看星星嗎？」

「對啊，用肉眼看星星。不帶望遠鏡。」我說：「而且是我們三個。妳忘記腿腿了。」

「不。」她說：「腿腿要留在我這裡。我需要有人陪。」

「好。」我說：「如果妳想的話。」

「她是一隻好完美的狗。」

「她是啊。妳現在喜歡狗了嗎？」

「我喜歡腿腿。她很貼心。」

「對。」我說：「貼心。」

腿腿似乎也聽得懂我們的安排。當但丁和我跳上卡車時，她則待在昆塔納太太身邊。好奇怪，我想，狗有時候真的會理解人類的需要和行為。

發動卡車之前，昆塔納太太對我喊道：「答應我，你們一定要小心。」

「我答應你。」

「記得那場雨。」她說。

第十章

我開向沙漠中的專屬地點，但丁則掏出他準備的好料。他在半空中揮舞著兩支大麻菸。

我們微笑起來，然後放聲大笑。

「真是個壞小子。」我說。

「你也是壞小子。」

「我們一直都想要變成這樣啊。」

「如果我們的爸媽知道的話就慘了。」我說。

「如果我們的爸媽知道的話就慘了。」他說。

我們又笑了。

「我從來沒有抽過。」

「不難學啊。」

「你從哪裡弄來的？」

「丹尼爾。我的同事。我覺得他喜歡我。」

「他有想要吻你嗎？」

「我覺得有。」

「你有想要吻他嗎？」

「不太確定。」

「但你說服他給你大麻了，對不對？」

儘管我的眼睛盯著前面的路，但我知道他在微笑。

「你就是喜歡說服別人做事吧？」

「我不會回答這個問題的。」

天空中有電閃雷鳴，還有雨的味道。

但丁和我下了車。我們一句話都沒說。他點燃菸，吸了一口，然後把煙霧囤積在肺裡。然後他終於把氣吐了出來。他又吸了一口，把菸遞給我。我照著他的動作做了。我得說，我喜歡那個氣味，但是大麻在肺裡的感覺好嗆。我掙扎著不要咳嗽。如果但丁沒有咳嗽，那我也不會。我們坐在那裡輪流抽菸，直到整支燒完。

我覺得全身輕飄飄、搖曳不已，而且很快樂。感覺很奇怪卻又美好，一切似乎都離我好遠，但卻又有點近。我們坐在後擋板的邊緣，但丁和我一直看著對方。我們開始大笑，而且無法停止。

然後微風變成了強風。雷聲和閃電越來越近，最後開始下雨。我們跑進卡車裡。我們停不下笑聲，也不想停下。「太瘋了吧。」我說：「感覺實在太瘋狂了。」

「瘋了。」他說：「瘋了，瘋了，瘋了。」

「天啊，真的瘋了。」

我想要我們就這樣一直笑下去。我們聽著雨聲。天啊，雨真的下得好大。跟那一晚一樣。

「我們出去吧。」但丁說：「我們去淋雨。」我看著他脫光衣服：他的襯衫、短褲、四角褲。全部脫光，就剩下他的網球鞋。這真的很好笑。「好啦。」他說。他把手搭在門把上。「準備好了嗎？」

「等等。」我說。我把T恤和所有的衣服都脫光。只留下網球鞋。

我們對看著，大笑起來。「準備好了嗎？」我說。

「好了。」他說。

我們衝進雨中。天啊，雨滴好冷。「靠！」我大叫。

「靠！」但丁大叫。

「我們他媽都瘋了。」

「對啊，對啊！」但丁大笑著。我們繞著卡車跑，全身赤裸，大笑著，任由雨水打在我們身上。我們繞著卡車一圈又一圈地跑，直到我們累得上氣不接下氣。

我們坐回卡車裡笑著，試著找回呼吸的節奏。然後雨就停了。沙漠就是這樣。

會瞬間傾盆大雨，然後突然又停了。就這麼快。我打開車門，走進潮溼而颼風的夜色裡。

我對著天空伸出雙臂，然後閉上眼睛。

但丁站在我身邊。我可以感覺到他的呼吸。

如果他碰我的話，我不知道我會怎麼樣。

但他沒有。

「我快餓死了。」他說。

「我也是。」

我們穿上衣服，開車回市區。

「我們要吃什麼？」我說。

「牛肚湯。」他說。

「你喜歡牛肚湯。」

「對啊。」

「我覺得這樣就讓你成為真正的墨西哥人了。」

「真正的墨西哥人會喜歡親男生嗎？」

「我不覺得喜歡男生是美國人的專利。」

「也許你說得對。」

「對，也許喔。」我看了他一眼。他討厭我說對的時候。「去吃奇哥捲餅如何？」

「他們沒有賣牛肚湯。」

「好，那艾梅路上的好運咖啡廳呢？」

「我爸很愛那間。」

「我爸也是。」

「他們在打保齡球。」我說。

「他們在打保齡球。」我們笑得我不得不在路邊停下車。

當我們終於來到好運咖啡廳時，我們餓到不行，所以我們各吃了一盤辣肉捲餅和兩碗牛肚湯。

「我的眼睛很紅嗎？」

「不會。」我說。

「很好，我猜我們可以回家了。」

「對。」我說。

「不敢相信我們居然這麼做了。」

「我也是。」

「但是很好玩吧。」他說。

「天啊。」我說：「太讚了。」

第十一章

爸一早就把我叫了起來。「我們要去圖森了。」他說。

我從床上坐起身，我盯著他看。

「我泡了咖啡。」

腿腿跟著他走出房間。

我在想他是不是生我的氣，也在想我們為什麼要去圖森。我有點昏沉，好像我是做夢到一半時被吵醒的。我穿上一條牛仔褲，往廚房走去。爸遞給我一杯咖啡。

「你是我認識的小孩中唯一一個會喝咖啡的。」

我試著閒聊，試著假裝我沒有和他進行過那番想像中的對話。他當然不知道我說了什麼。**但我知道**。我也知道我本來就該說那些話，儘管我沒有說出口。「爸，有一天，全世界的小孩都會喝咖啡的。」

「我得抽根菸。」他說。

腿腿和我跟他一起走到後院。

我看著他點燃香菸。「保齡球好玩嗎？」

他歪著嘴一笑。「還算好玩。我打得很爛。幸好山姆也是。」

「你應該更常出門的。」我說。

「你也是啊。」他說。他抽了一口菸。「你媽昨天在很晚的時候打來了。你阿姨突然發作了一次非常嚴重的中風。她撐不過去了。」

我記得有一年的夏天，我住在她那裡。我當時還小，她則是個慈祥的女人。她一直都沒有結婚。但這好像也不重要。她懂男生，知道要怎麼大笑，也知道要怎麼樣讓一個男孩覺得自己是宇宙的中心。她與其他的家人們保持著距離，獨自生活，但是從來沒有人告訴過我原因。我也從來不在乎。

「亞里？你有在聽嗎？」

我點點頭。

「你有時候會恍神。」

「沒有，我只是在想事情。我小時候有去她那裡住了一個夏天。」

「對，你那時候還不想回家。」

「有嗎？我不記得了。」

「你完全愛上她了。」他微笑。

「也許吧。我不記得自己不愛她的時候了。這好奇怪。」

「為什麼奇怪？」

「我對其他叔叔阿姨都沒有這樣的感覺。」

他點點頭。「這世界上如果有更多像她這樣的人就太好了。她和你媽媽每一個星期都會寫信。一週一封信，持續了一年又一年。你知道嗎？」

「我不知道。這樣是很多信耶。」

「她全部都留著。」

我啜了一口咖啡。

「你可以把工作排開嗎，亞里？」

我可以想像他在當兵的樣子。發號施令。他的聲音平穩又寧靜。

「可以，那只是一個煎漢堡的工作而已。他們還能怎麼樣，開除我嗎？」腿腿對我吠了起來。她已經習慣早上的慢跑了。我看著我爸。「我們要拿腿腿怎麼辦？」

「但丁。」他說。

接電話的是他的媽媽。「嗨。」我說：「我是亞里。」

「我知道。」她說：「你很早起喔。」

「對啊。」我說：「但丁起床了嗎？」

「你在開玩笑嗎，亞里？他在上班前半小時才會起床。他一分鐘都不會提早的。」

我們笑了起來。

「嗯。」我說：「我需要一點幫助。」

「好。」她說。

「嗯，我阿姨中風了。我媽在她家。我爸和我要盡快趕過去。但是腿腿在家，然後我在想，也許——」她不讓我把話說完。

「我們當然可以幫你照顧了。她是個乖孩子。她昨晚在我的腿上睡著了。」

「但是妳要上班，但丁也要上班。」

「沒關係的，亞里。山姆整天都在家。他正在把書寫完。」

「謝了。」我說。

「不要感謝我，亞里。」她聽起來比我剛認識她時快樂也輕盈多了。也許是因為她懷孕了。也許就是這樣，但她還是會追著但丁跑就是了。

我掛掉電話，把幾樣東西收進行李裡。電話響起，是但丁打來的。「你阿姨的事情我很遺憾。但是，嘿，我得到腿腿啦！」他有時候真的好像小孩，他或許永遠都會像個小孩，就像他爸爸一樣。「對啊，你有腿腿了。她早上喜歡去慢跑。很早喔。」

「多早？」

「我們都五點四十五就起床了。」

「五點四十五！你瘋了嗎？睡覺怎麼辦？」

這傢伙永遠都會逗我笑。「謝謝你喔。」我說。

「你還好嗎？」他說。

「還好。」

「你爸有因為你太晚回家而抓狂嗎？」

「沒有，他去睡了。」

「我媽想要知道我們到哪裡去了。」

「你是怎麼跟她說的？」

「我跟她說我們看不到星星，因為雨太大了。我說我們被困在暴雨中，然後我們就只是坐在車上聊天。等雨停了之後，我們餓了，所以我們就是找牛肚湯喝。

「她用很奇怪的表情看著我。她說：『為什麼我不相信你？』我說：『因為妳天性多疑。』然後她就不追究這整件事了。」

「你媽的直覺超敏銳。」我說。

「對，嗯，反正她也沒有證據。」

「我賭她一定知道。」

「她怎麼會知道？」

「我不知道。但我賭她一定知道。」

「你讓我開始疑神疑鬼了。」

「很好。」

我們爆笑出聲。

那天早晨稍晚，我們把腿腿送到但丁家。我爸把我們家的鑰匙給了昆塔納先生。但丁得負責幫我媽的植物澆水。「不要偷走我的卡車。」我說。

「我是墨西哥人。」他說：「我是知道要怎麼用電線發動車子的喔。」這真的使我笑了出來。「聽著。」我說：「喝牛肚湯跟用電線發車是完全不同形式的兩種藝術。」

我們對彼此竊笑起來。

昆塔納太太看了我們一眼。

我們和但丁的爸媽喝了一杯咖啡。但丁帶腿腿認識了一圈房子。「我賭但丁會鼓吹腿腿咬爛他所有的鞋子。」我們都笑了，只有我爸沒有笑。他不知道但丁和鞋子的戰爭。當腿腿和但丁回到廚房時，我們就笑得更大聲了。腿腿嘴裡咬著但丁的一只鞋子。「看看她找到了什麼啊，媽。」

第十二章

開去圖森的路上，我爸和我沒有說太多話。「你媽媽很難過。」他說。我知道他在回想。

「你想要我開嗎？」

「不用。」他說，但接著他就改變了心意。他在下一個匝道下了高速公路，我們去加油，順便買咖啡。他把車鑰匙遞給我。他的車比我的卡車好開多了。我露出微笑。「我從來沒有開過卡車以外的車。」

「如果你能開好那輛卡車，你就什麼車都能開了。」

「昨天晚上對不起。」我說：「只是有時候，我心中有好多感覺在那裡打轉。我不太確定我要拿它們怎麼辦。這樣說起來可能也不太合理。」

「這聽起來很正常，亞里。」

「我不覺得我很正常。」

「有這些感覺很正常。」

「但是我很生氣。我不知道那些憤怒是從哪裡來的。」

「如果我們多說一點話，也許就會知道了。」

「嗯，我們兩個誰比較擅長說話呢，爸？」

「你很擅長說話，亞里。你只有在我身邊的時候不知道該說什麼而已。」

我什麼也沒說，然後我說：「爸，我不擅長說話。」

「你跟你媽一直都在聊天啊。」

「對，但是那是因為必要規定。」

他笑了起來。「很高興她能逼我們說話。」

「如果沒有她，我們會在沉默中死掉吧。」

「嗯，我們現在在說話了，不是嗎？」

我看向他，發現他正面帶微笑。「對啊，我們在說話。」

他搖下車窗。「你媽不讓我在車裡抽菸。你會介意嗎？」

「我不會介意啊。」

那個味道——菸味——總是會讓我想起他。他抽著菸。我開著車。我不介意車裡的沉默和沙漠，也不介意無雲的天空。

對沙漠來說，話語有什麼重要呢？

我的心思四處遊蕩。我想著腿腿和但丁。我不知道當但丁看著我的時候，他都看見了什麼。我想著我為什麼不願意看他給我的素描。一次都沒看過。我想到吉娜和蘇西，並想著我為什麼沒有打電話給她們過。她們一直煩我，但那是她們對我好的方式。我知道她們喜歡我。我也喜歡她們。為什麼男生就不能跟女生交朋友呢？這樣有什麼錯？我想著我哥哥，好奇他和我的阿姨親不親近。我不知道這麼好的女人，為什麼要和家人保持距離。我不知道為什麼四歲時會在她那裡待一整個夏天。

「你在想什麼？」我聽見我爸爸的聲音。他幾乎從來沒有問過這個問題。

「我在想奧菲莉亞阿姨的事。」

「你在想什麼？」

「你們為什麼把我送去她那裡一個夏天？」

他沒有回答。他搖下車窗，沙漠的熱氣便灌進了開冷氣的車裡。我知道他又要抽一根菸了。

「告訴我吧。」我說。

「那時候剛好是你哥哥開庭的時間。」他說。

那是他第一次提到我哥哥的事情。我什麼也沒說。我希望他繼續說下去。

「你媽和我當時過得很艱困。我們都是。你的姊姊們也是。我們不希望你——」

他頓了頓。「我想你知道我要說什麼。」他的表情十分嚴肅，比平常還要嚴肅。「你哥哥很愛你，亞里。他真的很愛你。他不希望你在家。他不希望你用那種方式看待他。」

「所以你們就把我送走。」

「對，就是這樣。」

「這樣什麼都沒解決，爸。我一直都在想他。」

「對不起，亞里。我只是——真的很抱歉。」

「為什麼我們不能就——」

「亞里，這比你想像的更複雜。」

「怎麼說？」

「你媽當時崩潰了。」我可以聽見他抽菸的聲音。

「什麼？」

「你在奧菲莉亞阿姨家待了不只一個夏天。你在那裡待了九個月。」

「媽嗎？我不能——這實在是——媽耶？媽真的——」我想要跟我爸要一根菸來抽了。

「你媽媽，她很堅強，但，我也不知道，人生並沒有邏輯，亞里。感覺你哥就像是死了一樣，而你媽變成了另一個人。我幾乎不認識她了。他們判他刑的時候，她就崩潰了。她拒絕接受安慰。你不知道她有多愛你哥哥。而我不知道該怎麼辦。有時候，就連現在，我看著她的時候，我都想問：『結束了嗎？真的嗎？』當她回到我身邊時，亞里，她看起來好脆弱。隨著時間一天一天過去，她又變回了原本的樣子。她又再度堅強起來——」

我聽著我爸的哭聲，我把車子停在路邊。「對不起。」我低語。「我都不知道。我都不知道，爸。」

他點點頭。他下了車，站在熱氣中。我知道他在試著整理自己。就像一個亟需整理的房間。我讓他獨處了一段時間。然後我決定我想去陪他。我決定，也許我們已經獨處得太久了。讓對方獨處，是在傷害彼此。

「爸，有時候我很討厭你和媽都假裝他死了。」

「我知道。對不起，亞里。對不起。對不起。對不起。」

第十三章

當我們趕到圖森的時候，奧菲莉亞阿姨已經死了。

她的告別式擠滿了人，顯然她深深受人愛戴。除了她家人以外的人都很愛她。

我們是唯一的家庭成員。我媽、我姊姊們、我和我爸。

我不認識的人走到我身邊。「你是亞里嗎？」他們會這麼問。

「對，我是亞里。」

「你的阿姨很愛你。」

我好羞愧。我一直把她擋在我的記憶邊緣。我好羞愧。

第十四章

我的姊姊們在喪禮過後就回家了。

我爸媽和我繼續待在這裡。他們幫忙清理我阿姨的房子。我媽完全知道自己要做什麼，而我幾乎無法想像她瀕臨神智崩潰的邊緣。

「你一直在看我。」有一天晚上，當我們看著夏日的暴風雨從西邊下過來時，她這麼說道。

「我有嗎？」

「而且你很安靜。」

「安靜對我來說很正常。」

「他們為什麼沒有來？」我問：「其他叔叔和阿姨們，他們為什麼沒來？」

「他們不贊同你阿姨的決定。」

「為什麼？」

「她和另一個女人住在一起。很多年。」

「法蘭妮。」我說：「她和法蘭妮住在一起。」

「你記得嗎？」

「記得，一點點吧，不是太多。她人很好。她的眼睛是綠色的。她喜歡唱歌。」

「她們是情人，亞里。」

我點點頭。「好。」我說。

「這會讓你不舒服嗎？」

「不會。」

我不斷把玩著盤裡的食物。我看向我爸。他沒有等我問問題就開口了。

「我愛奧菲莉亞。」他說：「她為人親切，也是個良善的人。」

「對你來說，她和法蘭妮住在一起也沒關係嗎？」

「對有些人來說有關係。」他說：「你叔叔和阿姨們，亞里，他們就是不行。」

「但你覺得沒關係嗎？」

我爸的臉上帶著一種奇怪的神情，好像他試著壓抑自己的憤怒。我想我知道他的怒火是針對我媽的家人而去的，而我也認為他知道他的怒火一點用處也沒有。「如果我們覺得不行，你覺得我們會讓你來和她住嗎？」他看向我媽。

我媽對他點點頭。「等我們回家之後。」她說：「我想要讓你看一些你哥哥的照片。你覺得可以嗎？」

她伸過手，抹去我的眼淚。我無法說話。

「我們做的決定並不永遠都是對的，亞里。我們盡力了。」

我點點頭，但我一句話也說不出來。沉默的眼淚不斷滑下我的臉頰，好像我體內有一條河流。

「我想我們傷害了你。」

我閉上眼，逼自己的眼淚停下來。然後我說：「我覺得我會哭，是因為我太快樂了。」

第十五章

我打給但丁，並告訴他我們幾天後就要回去了。我沒有告訴他我阿姨的事，我只有說她把房子留給了我。

「什麼？」他說。

「對。」

「哇喔。」

「沒錯，哇喔。」

「是一間大房子嗎？」

「對，是一間很棒的房子。」

「你要拿它怎麼辦？」

「嗯，顯然我阿姨有個朋友很想買這間房子。」

「你要拿那些錢怎麼辦？」

「我不知道。我還沒有仔細想過。」

「你覺得她為什麼要把房子留給你？」

「我也不知道。」

「嗯，你不用再去炭烤人上班了。」

但丁啊，他總是可以逗我笑。

「所以你最近在忙什麼？」

「在藥房工作，而且我算是在跟一個男生出去吧。」他說。

「是喔？」我說。

「對。」

我想要問他名字，但我沒有。

他轉移了話題。當但丁想要轉移話題的時候，我感覺得出來。「我爸媽愛死腿腿了。」

第十六章

七月四日（註3），我們還在圖森。

我們去看了煙火。

我爸讓我和他一起喝了一瓶啤酒。我媽試著假裝她不允許。但如果她真的不准，她就會制止了。

「這不是你的第一瓶了吧，亞里？」

我不打算對她說謊。

「媽，我告訴過妳，我打破妳的規則時，我就會背著妳做啊。」

「對。」她說：「你是這麼說的。你喝完之後沒有開車吧？」

「沒有。」

「你保證？」

「我保證。」

註3 美國獨立紀念日。

我緩緩喝著啤酒，看著煙火。我覺得自己像個小男孩。我愛煙火，喜歡它們在空中爆炸的樣子，也喜歡群眾有時發出的讚嘆聲。

「奧菲莉亞總是說法蘭妮是七月四日。」

「這麼說真的好棒。」我說：「那她怎麼了？」

「癌症過世了。」

「什麼時候？」

「六年前吧，我猜。」

「妳有來參加喪禮嗎？」

「有。」

「妳沒有帶我一起去。」

「沒有。」

「她以前會送我聖誕禮物。」

「我們應該要告訴你的。」

第十七章

我想我爸媽終於決定，這世界上的祕密已經夠多了。在我們離開阿姨的房子前，她把兩個箱子放進車子的後車箱。「那是什麼？」我問。

「我寫給她的信。」

「妳要怎麼處理它們？」

「我想要給你。」

「真的嗎？」

我不知道我的笑容是不是和她一樣燦爛。也許是吧，但沒有她那麼美麗。

第十八章

從圖森開回艾爾帕索的路上，我坐在後座。我可以看見我爸媽牽著手。有時候他們會對看一眼。我看向窗外的沙漠。我想著但丁和我抽大麻、並在雨中裸奔的那個晚上。

「你這個夏天還要做什麼呢？」

「我不知道。在炭烤人工作。跟但丁出去。運動。閱讀。之類的吧。」

「你不需要工作。」我爸說：「你接下來還有一輩子的時間可以工作。」

「我不介意工作。而且不然我要幹麼？我又不喜歡看電視。我已經和我這一輩子脫節了。多虧了你和媽。」

「嗯，你從現在開始愛怎麼看電視就怎麼看囉。」

「現在太遲了。」

他們都笑了起來。

「不好笑。我是全宇宙最不酷的十七歲男生。都是你們的錯。」

「什麼事都是我們的錯。」

「對，什麼事都是你們的錯。」

我媽轉過頭來，確認我臉上是掛著笑容。

「也許你跟但丁應該要一起去旅行。也許去露營或什麼的。」

「應該不會吧。」我說。

「你可以考慮看看。」我媽說：「現在是夏天。」

現在是夏天，我想。我一直想到昆塔納太太說的：**記得那場雨**。

「前面有暴風雨。」我爸說：「我們準備要開進去了。」

我看著前方窗外的烏雲。我打開後面的窗戶，聞著雨的氣味。在沙漠裡，就算雨還沒有下起來，你都可以聞到雨的味道。我閉上眼。我把手伸出窗外，感覺到了第一滴雨水。就像一個吻。天空在吻我。這是個美好的想法。這是但丁會想到的東西。我感覺到另一滴雨，然後又是一滴。一個吻。一個吻。然後又一個。我想著我最近做的夢——全都和接吻有關。但我從來不知道我在吻誰。我看不見。然後就這樣，我們進入了暴風雨的中心。我搖上車窗，突然覺得好冷。我的手臂溼了，T恤的肩膀處也溼透。

我爸把車停在路邊。「這個天氣沒辦法開了。」他說。

四周什麼都沒有，只有黑暗與披頭蓋臉的雨，還有我們敬畏的沉默。

我媽握著我爸的手。

暴風雨總是讓我覺得自己很渺小。

雖然夏天多半是陽光與熱氣，但對我來說，夏天更多是來了又去的暴風雨。而它們總使我覺得寂寞。

每個男孩都會覺得寂寞嗎？

夏天的陽光並不屬於像我這種男孩。像我這樣的男孩屬於雨天。

全宇宙的祕密

「整個青春裡，我都在找你
而我自己也不曉得所尋為何」

——W. S. 梅溫

第一章

開回艾爾帕索的路上，雨停了又下，整段路都是。我打起瞌睡。每次只要風雨變大，我就會醒來。

那趟回家的旅途，有一種非常安詳的感覺。

車外風雨交加，車內卻十分溫暖。我並沒有覺得被憤怒又難以預料的天氣所威脅。不知道為什麼，我感到安全，而且備受保護。

其中一次睡著時，我做了夢。我想我是可以有意識地做夢的。我夢到我爸、我哥和我在一起抽菸。我們在後院裡，我媽和但丁在門邊看著我們。

我無法決定這是個好夢或惡夢。也許是個好夢，因為當我醒來的時候，我並不難過。也許這就是你衡量一個夢好不好的辦法。用它帶給你的感覺來評判。

「你在想那場意外嗎？」我聽見我媽溫柔的聲音。

「為什麼？」

「下雨會讓你想起那場意外嗎？」

「有時候會。」

「你和但丁談過嗎？」

「沒有。」

「什麼？」

「我們就是沒有。」

「噢。」她說：「我以為你們兩個什麼都會聊呢。」

「不。」我說：「我們就跟世界上的其他人一樣。」我知道這不是事實。我們並不像這世界上的其他人。

我們開到家門口的時候，正下著傾盆大雨。電閃雷鳴，風雨交加，這是夏季最糟的暴風雨。我爸和我搬行李進家門時，已經全身溼透。我媽打開燈，泡了一壺茶，我爸和我則換上乾衣服。

「腿腿討厭打雷。」我說：「雷聲會讓她的耳朵痛。」

「我相信她現在一定睡在但丁身邊。」

「對，我猜是吧。」我說。

「想她嗎？」

「想。」我想像著腿腿躺在但丁腳邊，因為雷聲而嗚咽著。我想像但丁吻著她、告訴她一切都很好。但丁喜歡親狗、喜歡親他的父母、喜歡親吻男孩，也喜歡親吻女孩。也許親吻是人類天性的一部分。也許我不是人類。也許我不是自然體系中的一部分。但但丁享受接吻。我懷疑他也享受自慰。我覺得自慰很尷尬，我甚至不知道為什麼，就是尷尬。就像是跟自己做愛一樣。和自己做愛的感覺好怪。自體性慾行為（Autoeroticism）。我還特別去圖書館裡查了書。老天，光是想到這些事就讓我覺得很蠢。有些人開口閉口都是性。我在學校會聽到他們說話，他們聊到性的時候為什麼這麼快樂？這讓我覺得很悲慘。不夠格。我又用了這個詞了。而且我為什麼會在暴風雨之中、和我爸媽一起坐在廚房桌邊時想這些事呢？我試著把思緒拉回廚房裡。我現在所在的位置。我現在所居住的地方。我討厭自己總是想個不停。

我爸媽正在說話，而我坐在那裡，試著聽他們的對話，卻一句話也聽不進去，只是想著事情。我的心思不斷遊蕩。然後我想到了我哥哥。我總是會想到我哥哥。這就像是我在沙漠中最喜歡的停車地點，我就是會不自覺地開到那裡。不知道如果我哥哥還在的話，會是什麼樣子。也許他會教我怎麼當個男生、男生該有什麼感覺、男生該做什麼，還有男生該怎麼行動，也許我就會快樂了。但也許我的人生還是會和現在一樣，也許我的人生會變得更糟。我的人生並不糟糕。我知道。我有我的父母，而且他們很在乎我。我有一隻狗，還有一個叫但丁的好朋友。但有些東西一直在我心中打轉，總是使我覺得很不快樂。

不知道是不是每個男孩都有黑暗面。是的，也許連但丁都有。

我感覺到我媽媽的視線，她在打量我。又來了。

我對她露出微笑。

「我想要問你你在想什麼，但我不覺得你會回答。」

我聳聳肩，指向我爸爸。「我可能太像他了吧。」

這使我爸笑了起來。他看起來很累，但此時此刻，當我們坐在廚房桌邊時，他不知怎麼地看起來很年輕。而我想，也許他正在變成另一個人。

每個人都一直在變成另一個人。

有時候，等你變老了，你又會再年輕起來。而我呢，我卻覺得好老。為什麼一個正準備要滿十七歲的人，會覺得自己這麼老呢？

我去睡覺時，外頭還下著雨。雷聲十分遙遠，而它輕柔的聲響更像是遙遠的耳語。

我睡著了。我做了夢。又是那個夢，我在和人接吻的夢。

當我醒來時，我好想碰我自己。「和你最好的朋友握握手。」這是但丁委婉的說法。他這麼說的時候總是會面帶微笑。

我決定洗個冷水澡。

第二章

不知道為什麼，我的肚子裡有一種奇怪的感覺。不只是因為那場夢，或是接吻的事，或是身體的事，或是那場冷水澡。不只是那樣。還有一件事感覺很不對勁。

我走去但丁家接腿腿。我穿著適合在清涼的早晨中慢跑的服裝。我喜歡雨後沙漠的那股潮溼感。

我敲了敲他的前門。

時間還很早，但不算太早。我知道但丁也許還在睡覺，但他的父母一定已經起來了。而且我想要腿腿。

應門的是昆塔納先生。腿腿衝了出來，撲向我。我讓她舔我的臉，這可不是她常有的機會。「腿腿，腿腿，腿腿！我好想妳。」我一直拍她，但當我抬起眼時，我注意到昆塔納先生──他看起來──我也不知道。他的表情不太對勁。

我知道一定出事了。我看著他。我甚至沒有問問題。

「但丁。」他說。

「什麼？」

「他住院了。」

「什麼？發生什麼事了？他還好嗎？」

「他被打得很慘。他媽媽陪他住在醫院裡。」

「發生什麼事了？」

「你想要喝杯咖啡嗎，亞里？」

腿腿和我跟著他走進廚房。我看著昆塔納先生倒給我一杯咖啡。他把杯子遞給我，我們面對面坐下。他一直用手撫著頭髮。我們沉默地坐在那裡，我一直看著他，我等著他開口。最後，他說：「你和但丁有多親近？」

「我不懂你的問題。」我說。

他咬了咬嘴唇。「你有多了解我兒子？」

「他是我最好的朋友。」

「我知道，亞里。但是你有多了解他？」

他聽起來很不耐煩。我在裝傻。我知道他在問什麼。我感覺到心臟在我的胸腔怦怦跳著。「他有告訴你嗎？」

昆塔納先生搖搖頭。

「所以你知道了。」我說。

他一句話也沒說。

我知道我得說點什麼。他看起來迷失、害怕、哀傷又疲憊，而我討厭這樣，因為他是個親切又良善的好人。我知道我得對他說點什麼。但我不知道要說什麼。

「好。」我說。

「好？什麼意思，亞里？」

「你們去芝加哥的時候，但丁告訴我，有一天，他想要和一個男孩結婚。」我看向房間的另一邊。「或者至少親吻另一個男孩。嗯，其實我記得他是寫在信裡的。或者他是在回來之後告訴我的。」

他點點頭。他盯著自己的咖啡杯內部。

「我想我其實知道。」他說。

「怎麼說？」

「有時候，從他看你的眼神可以看出來吧。」

「噢。」我低頭看著地板。

「但他為什麼不告訴我，亞里？」

「他不想要讓你們失望。他說——」我停了下來，轉開視線。但接著我強迫自己再度看向他那雙充滿希望的黑色眼睛，儘管我覺得自己像是在背叛但丁，但我知道我必須告訴他。我必須告訴他。「昆塔納先生——」

「叫我山姆吧。」

我看著他。「山姆。」我說。

他點點頭。

「他為你們瘋狂。我猜你也知道吧。」

「如果他真的這麼愛我，他為什麼不告訴我？」

「和爸爸們說話沒有那麼容易。就算是你也一樣，山姆。」

他緊張地啜著自己的咖啡。

「他好高興你們要有另一個小孩了，而且不只是因為他要成為一個大哥了。他說：『他最好是個男生，而且他一定要喜歡女生。』他是這樣說的。這樣你們才能有孫子，這樣你們才會快樂。」

「我不在乎孫子。我只在乎但丁。」

我討厭看著山姆落淚的樣子。

「我愛但丁。」他低語道：「我愛那孩子。」

他對我微笑。「他們打了他。」他低語。「他們把我的但丁打到不成人形。他們打斷了幾根肋骨，還打了他的臉。他全身都是瘀青。他們這樣對待我的兒子。」

想要把一個成年男性抱在懷裡，實在是一件很奇怪的事。但我很想這麼做。

我們把咖啡喝完。

我沒有再問更多問題了。

第三章

我不知道要怎麼告訴我爸媽，但我其實什麼都不知道。我只知道某個人，也許是某些人，把但丁打得很慘，使他進了醫院。我知道這和另一個男生有關。我知道但丁住在遠見紀念醫院。我只知道這些。

我帶著腿腿回到家，她一進家門就發瘋了。狗狗們不會收斂自己。也許動物們比人類還聰明。我的狗好快樂。我的爸媽也是。我很高興他們都愛這隻狗，也很高興他們讓自己去愛她。不知道為什麼，這隻狗似乎幫我們成為了更好的家庭。也許狗狗們就是宇宙中的其中一個祕密。

「但丁住院了。」我說。

我媽打量著我。我爸也是。他們臉上都寫著問號。

「有人攻擊了他，他受傷了。現在在醫院裡。」

「不。」她說：「我們的但丁嗎？」不知道她為什麼要這麼說：「我們的但丁。」

「是幫派的問題嗎？」我爸低語道。

「不。」

「是在某條暗巷發生的。」我說。

「在我們這附近嗎？」

「對，我想是吧。」

他們等我說更多，但我沒辦法。「我想我該走了。」我說。

我不記得自己怎麼離開家的。

我不記得自己怎麼開到醫院的。

當我回過神來時，我已經站在但丁面前，看著他浮腫、傷痕累累的臉。我快要認不得他了。我甚至看不見他眼睛的顏色。我記得我握住了他的手，低聲說著他的名字。他幾乎無法說話。他幾乎看不見，眼睛腫到睜不開了。

「但丁。」

「亞里？」

「我在這裡。」我說。

「亞里？」他低語。

「我應該要陪在你身邊的。」我說：「我恨他們。我恨他們。」我真的恨他們。我恨他們對他的臉做的好事，還有他們害他父母所經歷的一切。我應該要陪在他身邊的。我應該要陪在他身邊的。

我感覺到他媽媽的手搭在我肩上。我和他父母坐在一起。只是坐著。「他會沒事的，對吧？」

昆塔納太太點點頭。「對，但是——」她看著我？「你會一直做他的朋友嗎？」

「永遠都會。」

「無論如何都會嗎？」

「無論如何都會。」

「他需要朋友。每個人都需要朋友。」

「我也需要朋友。」我說。我從來沒有說過這句話。

在醫院什麼事也不能做。只能坐著，和其他人面面相覷。我們似乎都沒有心情說話。

我準備要離開時，他的父母和我一起走了出來。我們站在醫院外。昆塔納太太看著我。「你該知道發生了什麼事。」

「妳不需要告訴我。」

「我覺得需要。」她說：「有一個老太太看見了事發經過，是她報的警。」我知道她不會哭。「但丁和某個男生在巷子裡接吻，有幾個男生經過看到了。然後——」她試著微笑。「嗯，你也看見他們對他做了什麼。」

「我恨他們。」我說。

「山姆告訴我，你知道但丁的事。」

「世界上還有很多事，比喜歡和男生接吻的男生更可怕。」

「沒錯。」她說：「糟得多了。你介意我說句話嗎？」

我對她微笑，聳了聳肩。

「我覺得但丁愛上你了。」

但丁對她的看法一點也沒錯。她真的什麼都知道：「對。」我說：「嗯，也許沒有吧。我覺得他喜歡另一個男生。」

山姆直直看著我。「也許另一個男生只是替代品。」

「你是說，替代我嗎？」

他尷尬地微笑。「我是說，抱歉。我不該這麼說的。」

「沒關係。」我說。

「這太難了。」他說：「我是——要命，我現在只覺得有點混亂。」

我對他微笑。「你知道大人最糟的一點是什麼嗎？」

「不知道。」

「他們並不永遠都是大人。但我也是因為這樣才喜歡他們。」

他把我抱進懷裡，然後放開了我。

昆塔納太太看著我們。「你知道對方是誰嗎？」

「誰？」

「另一個男孩？」

「我有個想法。」

「而你不在乎嗎？」

「我又該怎麼辦？」我知道我的聲音沙啞了，但我拒絕哭出來。有什麼好哭的？「我不知道要怎麼辦。」我看著昆塔納太太，又看向山姆。「但丁是我朋友。」我想告訴他們，我從來沒有朋友，從來沒有過，一個也沒有。直到但丁出現。我想要告訴他們，我從來不知道像但丁這樣的人存在於這個世界，會看星星的人，知道水的奧妙的人，知道鳥兒屬於天堂、而不該被刻薄又愚蠢的男孩從天上打下來的人。我想要告訴他們，他改變了我的人生，而我和以前再也不同了。而這感覺像是但丁救了我的命，而不是我救了他。我想要告訴他們，除了我媽之外，但丁是第一個讓我想要坦白那些讓我害怕的事情的人。我想要告訴他們好多事，但我卻說不出口。所以我只是愚蠢地重複了一次：「但丁是我的朋友。」

她看著我，幾乎露出微笑。但她哀傷得笑不出來。「山姆和我沒有看錯你。你的**確**是世界上最貼心的孩子。」

「僅次於但丁。」我說。

「僅次於但丁。」她說。

他們陪我走到卡車旁。然後一個念頭閃入我的腦海。「另一個男生怎麼樣？」

「他跑了。」山姆說。

「可是但丁沒有。」

「沒有。」

然後昆塔納太太就崩潰地哭了出來。「他為什麼不跑，亞里？他為什麼不逃走就好？」

「因為他是但丁。」我說。

第四章

我不知道我原來打算做後來那些事。我並沒有做什麼計畫，我也不像是真的有在思考。有時候，你會做一些事，而且並不是因為透過思考、而是透過感覺。因為你的感覺再也無法壓抑了。而當你的感覺無法壓抑時，你就沒辦法總是控制好自己的行動。也許男孩和男人之間的差別是，男孩無法控制自己有時候產生的糟糕感受，而男人可以。那天下午，我只是個男孩。和男人差得遠了。

我只是個男孩。一個發瘋的男孩。瘋了，瘋了。

我上了卡車，然後直接開去但丁工作的藥房。我把我們的對話想了一遍。我想起了那個男生的名字。丹尼爾。我走進藥局，他就在那裡。丹尼爾。我看見了他的名牌。丹尼爾・吉。但丁說他想要親吻的那個男孩。他就在櫃檯。「我是亞里。」我說。

他看著我，臉上露出驚慌的表情。

「我是但丁的朋友。」我說。

「我知道。」他說。

「我覺得你應該要休息一下。」

「我不——」

我沒有等他給我什麼爛藉口。「我要去外面等你。我會等你整整五分鐘。而如果你沒有在五分鐘內出來，我就會走回這間藥局，然後當著全世界的面踢爛你的屁股。如果你覺得我不會這麼做，你最好盯著我的眼睛好好研究一下。」

我走出店門。我等待著。用不了五分鐘的時間，他就走了出來。

「我們散個步吧。」我說。

「我不能離開太久。」他說。

他跟著我走了。

我們在附近散步。

「但丁在醫院裡。」

「噢。」

「噢？」

「你沒有去探望他。」他一句話也沒說。此時此刻，我只想要把他打到滿地找牙。「你沒有一句話要說嗎，你這混蛋？」

「你想要我說什麼？」

「王八蛋。你一點感覺都沒有嗎？」

我可以看見他在顫抖。但我不在乎。「他們是誰？」

「你在說什麼？」

「不要跟我鬼扯，混蛋。」

「你不能跟別人說。」

我抓住他的衣領，然後又放開了他。「但丁現在躺在醫院裡，而你只擔心我會去跟誰說。我要告訴誰，混蛋？告訴我他們是誰。」

「我不知道。」

「屁話，**你現在告訴我**，我就不會一路把你揍到南極去。」

「我不認識他們全部。」

「有多少人？」

「四個。」

「我只需要一個名字。一個就好。」

「朱利安。他是其中一個人。」

「朱利安・恩里奎茲？」

「就是他。」

「還有誰？」

「喬・蒙卡達。」

「還有誰？」

「我不認識另外兩個人。」

「你就把但丁留在原地？」

「他不肯跑。」

「你沒有留下來陪他？」

「沒有，我是說，這樣有什麼好處？」

「所以你不在乎？」

「我在乎啊。」

「但你沒有回去，對吧？你沒有回去看看他，對吧？」

「沒有。」他看起來很害怕。

我把他狠狠推向一間屋子的外牆，然後我走開了。

第五章

我知道朱利安‧恩里奎茲住在哪裡。小學時，我和他們一家兄弟打過棒球。我們從來不是真的很喜歡對方，但我們也不是仇人之類的。我在附近開了一陣子，然後發現自己把卡車停在他家門口。我走向前門，敲了敲門。他的妹妹來應門。「嗨，亞里。」她說。

我對她微笑。她很漂亮。「嗨，露露。」我說。我的聲音很平靜，幾乎算是友善了。「朱利安在嗎？」

「他去上班了。」

「他在哪裡上班？」

「班尼汽車維修廠。」

「他什麼時候會下班？」我說。

「他通常都五點之後會到家。」

「謝啦。」我說。

她對我微笑。「我要告訴他你來找他嗎？」

「當然好。」我說。

班尼汽車維修廠。這間店的老闆是我爸的朋友，羅德里茲先生。他們以前是同學。我知道這間店在哪裡。整個下午，我都開著車閒逛，直到快五點為止。時間快到時，我便停在汽車維修廠的街角。我不想要讓羅德里茲先生看到我，他會問問題的。他會告訴我爸。我不想要被問任何問題。

我爬下卡車，走到汽車維修廠的對面。我想要確保我能在朱利安離開車庫時看見他。當我看到他的身影時，我便揮手把他叫來。

他走過街道。

「在忙什麼，亞里？」

「沒什麼。」我說，我指向卡車。「只是在兜風。」

「那是你的卡車？」

「對。」

「好車耶，老兄。」

「想要看看嗎？」

我們走到我的卡車邊，他的手撫過鍍鉻的擋泥板。他跪下來，檢視鍍鉻輪框。

我想像著他猛踹倒在地上的但丁，我想像著自己此時此刻把他打趴在地上。

「想要去兜風嗎？」

「有點忙。也許你可以晚點再來，我們就可以去轉一轉。」

我抓住他的脖子，把他拉了起來。「進去。」我說。

「去你的，老兄。你他媽的有什麼毛病啊，老兄？」

他對我揮了一拳。我只需要這一下。我就進攻了。他的鼻子流著血，但我沒有住手。要不了多久時間，他就倒在地上。我對他說著話，詛咒著他。一切都是一片模糊，我只是不斷朝他進攻。

接著我聽見一個聲音，一雙手臂抓住我，把我往後拉開。那個聲音對著我大吼，那雙手臂很強壯，使我無法再揮拳。

我停止掙扎。

然後一切都靜止了，一切都絲毫不動。

羅德里茲先生瞪視著我。「你有什麼毛病啊，亞里？你在幹麼？」

我什麼也不必說，我低頭看著地面。

「發生了什麼事，亞里？看著我，告訴我。」

我無法開口。

我看著羅德里茲先生跪了下來，幫助朱利安站起身。他的鼻子還在流血。

「我會殺了你，亞里。」他低語。

「你算老幾啊？」我說。

羅德里茲先生怒視著我，他轉向朱利安。「你還好嗎？」

朱利安點點頭。

「我們去清洗一下吧。」

我動也不動，然後我準備爬進卡車裡。

羅德里茲先生又看了我一眼。「我沒有報警算你幸運了。」

「去啊，去報警。我不在乎。但你報警之前，最好先問問朱利安他最近都在忙些什麼。」

我爬上卡車，駛離現場。

第六章

在我到家之前，我都沒有注意到關節和衣服上的血。

我只是坐在那裡。

我沒有計畫，所以我只是坐在那裡。我可以坐在那裡一輩子——那就是我的計畫。

我不知道我在那裡坐了多久。我開始發起抖來。我知道我發瘋了，但我無法給自己一個解釋。也許這就是你發瘋時的狀況。你沒辦法解釋。沒辦法解釋給自己聽，或是給任何人聽。而發瘋最糟糕的一點是，當你瘋完了之後，你就不知道該如何看待自己了。

我爸走出屋子，站在前廊上。他看著我。我不喜歡他臉上的表情。「我得和你談談。」他說。他從來沒有這樣對我說過。從來沒有。不是用這種口氣。他的聲音讓我很害怕。

我爬下卡車，坐在前廊的臺階上。

我爸在我身邊坐下。「我接到了羅德里茲先生的電話。」

我一句話也沒說。

「你是怎麼了，亞里？」

「我不知道。」我說：「沒什麼。」

「沒什麼？」我可以聽見我爸口氣中的怒火。

我瞪視著自己血跡斑斑的上衣。「我要去沖澡了。」

我爸跟著我進到屋內。「亞里！」

我媽站在走廊上。我無法忍受她看我的眼神。我停下腳步，看著地面。我無法阻止自己的顫抖，我的整個身體抖個不停。

我瞪視著自己的雙手，我就是無法停止顫抖。

我爸抓住我的手臂，他的動作並不用力或凶狠，但也不溫柔。我爸爸很強壯。他把我帶進客廳，讓我坐在沙發上。我媽在我身邊坐下，他則在他的椅子上坐下。

我感到麻木，無話可說。

「說吧。」我爸說。

「我想要傷害他。」我說。

「亞里？」我媽只是看著我。我討厭她不可置信的表情，為什麼她無法相信我會想要傷害某個人？

我回望著她。「我**就是**想要傷害他。」

「你的哥哥也曾經傷害過一個人。」她低語，然後她便開始啜泣，而我無法承受。我從來沒有這麼討厭過我自己。我只是看著她哭，最後我說：「媽，不要哭，拜託妳不要哭。」

「為什麼，亞里？為什麼？」

「你打斷了那男孩的鼻子，亞里。你沒有進警局的唯一原因，是因為艾菲格・羅德里茲是你爸的老朋友。我們得賠他的醫藥費。**你**得賠，亞里。」

我一句話也沒說。我知道他們在想什麼。**先是你哥，現在你又這樣**。

「對不起。」我說。就連我自己聽了都覺得好遜，但一部分的我並不覺得抱歉，一部分的我很高興我打斷了朱利安的鼻子。我只為我對我媽造成的傷害感到抱歉。

「對不起，亞里？」他的表情像鋼鐵一般強硬。

我也可以像鋼鐵一樣。「我**不是**我哥哥。」我說：「我討厭你們都這樣想。我討厭活在他的——」我阻止自己在我媽面前說出髒話。「我討厭活在他的陰影之下。我討厭這樣。我討厭自己必須為了討好你們而當個乖小孩。」

他們一句話也沒說。

「我不覺得抱歉。」我說。

我爸瞪視著我。「我要把你的卡車賣掉。」

我點點頭。「好啊，你賣吧。」

我媽已經不哭了。她的表情很奇怪，不溫柔，也不強硬。只是很奇怪。「我需要你告訴我原因，亞里。」

我深吸一口氣。「好吧。」我說：「你們會聽我說嗎？」

「我們為什麼會不聽？」我爸的聲音很堅定。

我看著他。

然後我看向我媽。

然後我看向地面。「他們傷害了但丁。」我低語。「我現在連他長什麼樣子都看不出來了。你們該看看他的臉。他們打斷了他的肋骨。他們把他扔在暗巷裡，好像他什麼都不是，好像他只是某種垃圾，好像他只是一坨屎。就算他死了，他們也不會在乎。」我開始哭泣。「你想要我說嗎？那我就說。你想要我告訴你們？那我就告訴你們。他在和另一個男孩接吻。」

不知道為什麼，我就是哭個不停。然後我停了下來，我知道我非常生氣。我這輩子從來沒有這麼生氣過。「他們有四個人。另一個男孩跑了。但但丁沒有跑。因為但丁就是這樣，他不會逃走的。」

我看向我爸。

他一句話也沒說。

我媽朝我靠過來，她不斷用手指梳著我的頭髮。

「我好丟臉。」我低語。「我想要報復他們。」

「亞里？」我爸的聲音很溫柔。「亞里，亞里，亞里。你正在用最糟糕的方式打這場仗。」

「我不知道該怎麼做，爸。」

「你應該要尋求幫助的。」他說。

「我也不知道該怎麼做。」

第七章

我走出浴室時，我爸已經出門了。

我媽在廚房裡。寫著我哥名字的牛皮信封就放在桌上。我媽正在喝著一杯紅酒。

我在她對面坐下。「我有時候會喝啤酒。」我說。

她點點頭。

「我不是天使，媽。我也不是聖人。我只是亞里。我只是一團糟的亞里。」

「不准你這麼說。」

「這是事實。」

「不。」她的聲音銳利、強硬而肯定。「你一點都不糟糕，你貼心、乖巧又善良。」她啜了一口酒。

「我傷害了朱利安。」我說。

「這不是個非常聰明的決定。」

「也不是非常善良。」

她差點笑出來。「不，一點都不善良。」她的手輕撫著信封的表面。「對不起。」

她說。她打開了信封，拿出一張照片。「這是你。你和柏納多。」她把照片遞給我。我還是個小男孩，我哥則把我抱在懷裡。他面露微笑。他好帥，面帶微笑，而我則大笑著。

「你好愛他。」她說：「對不起。就像我說的，亞里，我們並不是每次都做對的事，你知道嗎？我們並不總是說對的話。有時候，看著某樣東西就感覺太痛苦了，所以我們就不看。我們就是不看。但它並不會消失，亞里。」她把信封遞給我。「都在這裡。」她沒有哭。「他殺了人，亞里。他赤手空拳地殺了一個人。」她幾乎要微笑了，但那是我見過最哀傷的笑容。「我從來沒有這樣說過。」她低語。

「現在還是會讓妳很痛苦嗎？」

「還是會，亞里。就算經過這麼多年還是一樣。」

「以後也是嗎？」

「以後也是。」

「妳是怎麼忍受的？」

「我不知道。我們都得承受一些東西，亞里。我們每個人都是。你爸爸得承受那場戰爭，還有它帶來的傷害，你得承受長大成人的痛苦旅程。而這對你來說很痛苦，對吧，亞里？」

「對。」我說。

「而我得承受你哥哥、他做的事、我的羞愧感，還有他的缺席。」

「這不是妳的錯，媽。」

「我不知道。我想媽媽們總是會責怪自己的。我想爸爸們也是。」

「媽？」

我想要伸手碰她，但我沒有。我只是看著她，試著微笑。「我都不知道我原來有這麼愛妳。」

然後她的微笑就沒那麼悲傷了。

「我親愛的孩子（Hijo de mi corazon），讓我告訴你一個祕密。是你幫助我承受的。你幫助我承受了我所有的失去。是你，亞里。」

「不要這麼說，媽。我只會讓妳失望。」

「不，親愛的。永遠不會。」

「我今天所做的事。我傷害了妳。」

「不。」她說：「我想我懂。」

但她說話的方式，像是她突然理解了一件她以前不懂的事。每次她看著我的時候，我都有這種感覺，好像她在尋找著我，試著理解我是誰。但此時此刻，她好像真的看見了我，她真的懂我。但這使我很困惑。

「什麼，媽？」

她把信封推給我。「你不打開來看看嗎？」

我點點頭。「要，只是不是現在。」

「你會怕嗎？」

「不，可能吧。我不知道。」我的手指撫過我哥哥的名字。我和我媽坐在那裡，感覺好像過了一段很長的時間。

她啜著她的紅酒，而我看著哥哥的照片。

我哥哥嬰兒時期的照片、在我爸懷中的照片，還有和我姊姊們的照片。

我哥哥坐在家門前臺階上的照片。

我哥哥還是小男孩時，對著穿制服的爸爸敬禮的照片。

我哥哥，我哥哥。

我媽看著我。這是事實。我從來沒有這麼愛她過。

第八章

「爸去哪裡了？」

「他去找山姆。」

「為什麼？」

「他想要和他聊聊。」

「聊什麼？」

「聊發生的事。你爸跟山姆，你知道，他們是朋友。」

「滿有趣的。」我說：「爸比較老耶。」

她微笑。「那又怎麼樣？」

「對，那又怎麼樣。」

第九章

「我可以把這張裱框起來，放在房間裡嗎？」那是我哥哥對著我爸敬禮的照片。

「可以。」她說：「我愛這張照片。」

「他有哭嗎？爸去越南的時候？」

「好幾天喔，完全無法安慰。」

「妳會怕爸回不來嗎？」

「我沒有去想。我強迫自己不要去想。」她笑了起來。「我很擅長這麼做。」

「我也是。」我說：「這麼長時間以來，我一直都以為我是遺傳了爸的特質。」

我們放聲大笑。

「我們可以把那張照片掛在客廳嗎？你會介意嗎，亞里？」

這天，我哥哥又再度出現在我們的家裡。以一種奇異又難以言喻的方式，我哥哥回家了。

不是我媽回答我那些饑渴的問題。是我爸。我爸和我聊著柏納多的事，而我媽有時候會聽，但她一個字也沒說。

我愛她的沉默。

又或許是因為我懂這種沉默。

我也愛我爸小心翼翼說話的方式。我開始了解到，我爸是個小心的人。對人和對言語十分小心的人，稀有又美好。

第十章

我每天都去看但丁。他在醫院裡住了四天。因為他有腦震盪，他們得確認他一切安好。

他的肋骨還會痛。

醫生說裂開的肋骨需要一點時間才會復原。但它們沒有斷。情況還有可能更糟的。瘀傷會自己好起來，至少皮肉上的會。

不能游泳。他基本上什麼也不能做。他只能躺著，但但丁喜歡躺著，至少這是件好事。

他變了，變得哀傷了。

出院回家的那天，他哭了。我抱著他。我以為他永遠也不會停下來。

我知道一部分的他再也不一樣了。

他們破壞的不只是他的肋骨。

第十一章

「你還好嗎，亞里？」昆塔納太太打量著我，就像我媽打量我一樣。我坐在他們家的廚房桌邊，就在但丁父母的對面。但丁在睡覺。有時候，如果他的肋骨會痛，他就會吃藥。藥會讓他嗜睡。

「嗯，我沒事。」

「你確定嗎？」

「妳覺得我需要找諮商師嗎？」

「去做諮商不是什麼壞事，亞里。」

「諮商師都是這樣說的。」我說。

昆塔納太太搖了搖頭。「你在跟我兒子交朋友之前，還沒有這麼自作聰明的。」

我笑了起來。「我沒事。」我說：「我為什麼會有事？」

昆塔納夫婦對看了一眼。

「夫妻都這樣嗎？」

「什麼？」

「爸媽都喜歡用那種眼神對看。」

山姆笑了起來。「對，我猜是吧。」

我知道我爸和他談過了。我知道他知道我做了什麼。我知道他們都知道了。

「你知道那些男生是誰，對吧，亞里？」昆塔納太太又變回了她嚴格的模樣。我也不介意就是。

「我知道其中兩個人。」

「另外兩個呢？」

我想要開個玩笑。「我打賭我可以逼他們說出來。」

昆塔納太太笑了起來，這使我有點驚訝。

「亞里。」她說：「你真是個小瘋子。」

「對，我猜是吧。」

「都是為了忠誠。」她說。

「對，我猜是吧。」

「但是，亞里，你有可能會讓自己惹上麻煩的。」

「這麼做是錯的，我知道這是錯的。我就只是做了。我沒有辦法解釋。他們永遠也不會處理這些男生，對不對？」

「我猜不會。」

「對。」我說：「警察最好真的會去查這個案子。」

「我不在乎那些男孩，亞里。」山姆直直看著我的雙眼。「我在乎但丁，我也在乎你。」

「我沒事。」我說。

「你確定嗎？」

「我確定。」

「你也不會再去找那些男孩了嗎？」

「我是有這樣想過啦。」

昆塔納太太這次沒有笑了。

「我保證。」

「你比這樣的人好多了。」她說。

我好想要相信她。

「但我不會替朱利安的鼻子付醫藥費的。」

「你跟你爸爸說過了嗎？」

「還沒，但是我會告訴他，如果那些混——」我停了下來，我沒有把那個詞說完，我想用的是其他字眼。「如果那些傢伙不用付但丁住院的錢，那我也不會付朱利安急診的錢。如果爸想要拿走我的卡車，那也沒關係。」

昆塔納太太臉上掛著竊笑，她不太常這樣笑的。「讓我知道你爸怎麼說。」

「還有一件事。朱利安可以報警沒關係。」我自己也笑了。「你覺得他會嗎？」

「你很懂要怎麼在街頭生存對吧，亞里？」我喜歡山姆臉上的表情。

「略知一二。」

第十二章

我爸沒有和我爭論要不要幫朱利安付醫藥費的事。他看著我說：「我猜你已經決定要在法院外和解了。」他只是不斷憂愁地點著頭。「山姆和那個老太太談過了。她認不出那些男孩。永遠不可能。」

朱利安的爸爸來家裡和我爸談過了，他離開的時候不是很開心。

我爸並沒有拿走我的卡車。

第十三章

我和但丁似乎沒有什麼話好說。

我從他爸爸那裡借來詩集，讀給他聽。有時候他會說：「再讀一次那一首。」所以我就會再讀一次。我不知道在夏季的最後那幾天，我們究竟發生了什麼事。就某方面來說，我從沒覺得和他這麼親近過。另一方面，我又從未與他這麼疏離過。

我們兩個人都沒有回去上班。我也不知道。我猜，發生過這件事之後，一切都感覺好像沒有意義了。

有一天，我開了一個爛玩笑。「為什麼每個夏天，我們兩個都一定要有一個人被打得半死？」

我們兩個都沒有笑。

我沒有帶腿腿去看他，因為她喜歡往他身上跳，而她有可能會傷到他。但丁很想她，但他知道我不帶她來是對的。

有一天早上，我去了但丁家，給他看我哥哥所有的照片。我用自己的理解把故事告訴他，根據剪報上的故事，還有我爸給我的那些答案。

「所以，你想要聽整件事嗎？」我說。

「告訴我吧。」他說。

我們都厭倦了詩集，也厭倦了無話可說。

「好，所以那時候，我哥哥十五歲。他很生氣。根據我對他的了解，他一直都是個憤怒的人。尤其是從我姊姊那裡聽來的。我猜他很凶，或者，我也不知道，他天生就一肚子怒火。所以有一天晚上，他在市區遊蕩，到處找麻煩。我爸是這麼說的。他說：『柏納多總是在找麻煩。』然後他找了一個妓女。」

「他哪來的錢？」

「我不知道。你問這什麼問題啊？」

「你十五歲的時候，有錢找妓女嗎？」

「我十五歲的時候？你說的好像這是很久之前一樣。靠，我那時候連點心棒都買不起。」

「我就是這個意思啊。」

我看著他。「你可以讓我說完嗎？」

「抱歉。」

「後來他發現，那個妓女是男的。」

「什麼？」

「他是個變裝癖。」

「哇喔。」

「對，我哥哥抓狂了。」

「多抓狂？」

「他用拳頭把那個男的打死了。」

但丁不知道要說什麼。「天啊。」他說。

「對，天啊。」

有很長一段時間，我們兩人都沒有說話。

最後，我看向但丁。「你知道變裝癖是什麼意思嗎？」

「我知道。我當然知道了。」

「你當然知道了。」

「你不知道變裝癖是什麼嗎？」

「我怎麼會知道啊？」

「你好天真。亞里，你知道嗎？」

「沒有那麼天真。」我說。

「故事後面更難過了。」我說。

「為什麼還可以更難過？」

「他又殺了一個人。」

但丁一句話也沒說。他等著我把故事說完。「他那時候在少年管束中心。我猜有一天他又動拳了。我說得對。有些事情不會因為我們希望它消失，它就真的消失。」

「我很遺憾，亞里。」

「對，嗯，我們什麼都沒辦法做，對吧？但是這樣也好，但丁。我是說，這對我哥不好。我不知道對他來說事情有沒有可能變好。但我很高興一切都攤開來了，你知道嗎？一切都透明化了。」我看著他。「也許有一天，我可以認識他。也許有一天吧。」

他看著我。「你看起來快要哭了。」

「我沒有。只是這個故事太哀傷了，但丁。你知道嗎？我覺得我像他。」

「為什麼？因為你打斷了朱利安・恩里奎茲的鼻子嗎？」

「你知道了？」

「對。」

「你為什麼不告訴我你知道了？」

「你為什麼沒有告訴**我**，亞里？」

「我並不為此感到驕傲，但丁。」

「你為什麼要這麼做？」

「我不知道。他傷害了你，我想要報復他。我在腦中做了很爛的算數。」我看著他。「你的黑眼圈快要消失了。」

「快要了。」他說。

「你的肋骨怎麼樣？」

「好多了。有幾個晚上有點難睡，所以我會吃止痛藥，我討厭止痛藥。」

「你這樣當不成毒蟲喔。」

「也許不會吧。我很喜歡大麻。真的很喜歡。」

「也許你媽應該要訪問你，當作她寫書的素材。」

「嗯，她已經教訓過我了。」

「她是怎麼發現的？」

「我就跟你說了。她就跟神一樣，她什麼都知道。」

我試著不要笑，但我忍不住。但丁也笑了。可是他笑的時候，受傷的肋骨會痛。

「你不像啦。」他說：「你一點都不像你哥。」

「我不知道，但丁。有時候我覺得我永遠都搞不懂我自己。你就很清楚你是什麼樣的人。」

「也不是永遠都這樣。」他說：「我可以問你一個問題嗎？」

「當然。」

「我跟丹尼爾接吻的事，會讓你不開心嗎？」

「我覺得丹尼爾是個爛人。」

「他不是。他是好人，而且他長得很好看。」

「他長得很好看？你怎麼這麼膚淺啊？他是個爛人，但丁。他把你丟在那裡耶。」

「你聽起來比我還要在意。」

「嗯，那你應該要在意一點。」

「你就不會像他那樣，對吧？」

「不會。」

「我很高興你打斷了朱利安的鼻子。」

我們笑了起來。

「丹尼爾不在乎你。」

「他很害怕。」

「所以呢？我們都很害怕啊。」

「你就沒有啊，亞里。你什麼都不怕。」

「並不是。但我才不會讓他們這樣對你。」

「也許你只是喜歡打架，亞里。」

「也許吧。」

但丁看著我。他只是一直看著我。

「你幹麼盯著我？」我說。

「我可以跟你說一個祕密嗎，亞里？」

「我能不能阻止你？」

「你不喜歡我的祕密。」

「有時候你的祕密會讓我很害怕。」

但丁笑了起來。「我不是真的在和丹尼爾接吻。在我腦中，我是在吻你。」

我聳聳肩。「你得幫自己換一個新的腦子了，但丁。」

他看起來有點傷心。「對，我猜是吧。」

第十四章

我很早就醒了，太陽都還沒有出來。這是八月的第二週。夏天快要結束了，至少和學校沒有關係的那部分夏天快要結束了。

十二年級，然後是人生。也許就是這樣運作的。高中只是故事真正開始前的前傳。每個人都可以寫你的故事——但等你畢業之後，就輪到你自己寫了。畢業典禮時，你可以拿走老師們和父母的筆，你也會得到你自己的筆。你就可以自己寫好一切了。對。這樣不是太美好了嗎？

我從床上坐了起來，手指撫過腿上的傷疤。傷疤。這是你受過傷的象徵。這是你痊癒的象徵。

我受過傷嗎？

我痊癒了嗎？

也許我們就只是一直活在受傷與痊癒的過程之中。就像我爸一樣。我想他就是這樣，就在那個中間地帶。在那個生態過渡帶。我想我媽也是。她之前一直把我哥哥藏在她的心底深處，而現在她試著要把他釋放出來了。

我的手指不斷輕撫自己的傷疤。

腿腿躺在我身邊，看著我。**妳看見了什麼，腿腿？妳看見了什麼？妳來到我身邊之前，妳住在哪裡？有人傷害過妳嗎？**

又一個夏天要結束了。

畢業之後，我會發生什麼事？大學嗎？唸更多的書。也許我會搬去另一個城市，去另一個地方。也許在其他地方，夏天就會變得不一樣。

第十五章

「你愛什麼，亞里？你真心愛著的是什麼？」

「我愛沙漠。老天。我好愛沙漠。」

「這樣好寂寞喔。」

「是嗎？」

但丁不懂。我**就是**令人難以理解。

第十六章

我決定要去游泳。我在游泳池一開門時就到了，所以我可以在人潮多起來之前自在地游泳。救生員已經到了，正在聊女生的事。我無視他們，他們也無視我。

我一直游、一直游，直到我的腿和肺都痛了起來。然後我休息了一下，接著再繼續游。我感受著水打在肌膚上的感覺。我想著我認識但丁的那一天。「想要我教你游泳嗎？」我想著他尖銳的聲音、他現在不會再過敏的事，還有他的聲音變低的事。我的聲音也是。我想著我媽說過的話。「你說話的聲音像個男人了。」說話像個男人，比活得像個男人要容易多了。

當我離開泳池時，我注意到有個女孩在看我。她露出微笑。

我也微笑。「嗨。」我揮揮手。

「嗨。」她也揮了揮手。「你是唸奧斯汀高中嗎？」

「對。」

我想她還想要繼續聊天，但我不知道要說什麼。

「幾年級啊？」

「十二年級。」

「我十一年級。」

「妳看起來更大一點。」我說。

她微笑。「我很成熟。」

「我不成熟。」我說。這使她笑了起來。「掰。」我說。

「掰。」她說。

成熟。男人。這幾個詞又是什麼意思呢？

我走到但丁家，敲了敲門。山姆來開門了。

「嗨。」我說。

山姆看起來放鬆又快樂。「嗨，亞里。腿腿在哪？」

「在家。」我拿下掛在肩上的溼毛巾。「我去游泳了。」

「但丁會很嫉妒的。」

「他現在怎麼樣？」

「很好，越來越好了。你好一陣子沒有來啦，我們都很想你。」他讓我進了屋子。「他在房間裡。」他猶豫了一下。「有人來找他。」

「噢。」我說：「我可以晚點再來。」

「別擔心。你上樓吧。」

「我不想要打擾他。」

「別傻了。」

「我可以晚點再來。沒什麼。我只是剛游完泳——」

「只是丹尼爾而已。」他說。

「丹尼爾？」

我想他注意到我臉上的表情了。「你不是非常喜歡他，對吧？」

「他只是想跟但丁玩玩。」我說。

「不要對人這麼嚴苛，亞里。」

他這麼說使我真的很生氣。「跟但丁說我來過了。」我說。

第十七章

「我爸說你在生氣？」

「我沒有生氣。」前門打開了，腿腿正對著一隻路過的狗叫著。「等一下。」我說：「腿腿！安靜！」

我把電話拿到廚房，坐在桌邊。「好了。」我說：「聽著，我沒有生氣。」

「我覺得我爸一定看得出來。」

「好吧。」我說：「那又有什麼差別？」

「你看吧。你**真的**在生氣。」

「我只是沒有心情跟你的朋友丹尼爾見面。」

「他有對你做了什麼嗎？」

「沒有啊，我只是不喜歡那個人。」

「為什麼我們不能都當朋友就好？」

「那混蛋把你留在那裡等死，但丁。」

「我們談過這件事了。沒事的。」

「那就好啊，很好。」
「你又開始發瘋了。」
「但丁，你有時候真的是滿嘴屁話，你知道嗎？」
「聽著。」他說：「我們今天晚上要去參加派對。我想要你一起來。」
「我再跟你說吧。」我說。我掛掉電話。
我走到地下室，做了幾小時的重量訓練。我一直做、一直做，直到全身上下都開始痛為止。
痛也沒有那麼糟糕嘛。
我沖了個澡，然後就躺在床上，一動也不動。我一定是睡著了。當我醒來時，腿腿的頭正靠在我的肚子上。我拍著她。我聽見我媽的聲音出現在房間裡。「你餓了嗎？」
「不。」我說：「不太餓。」
「你確定嗎？」
「對啊，現在幾點了。」
「六點半。」
「哇喔，我一定很累。」
她對我微笑。「也許是因為運動做得太多了？」

「可能喔。」

「出了什麼事嗎？」

「沒有。」

「你確定？」

「我只是累了。」

「你重訓得有點太激烈了，是不是？」

「沒有啊。」

「你生氣的時候，你就會重訓。」

「這又是妳的另一個理論嗎，媽？」

「這不只是個理論，亞里。」

第十八章

「但丁打來了。」

我一句話也沒說。

「你要回電給他嗎？」

「當然。」

「你知道，你過去這四、五天都悶在家裡。悶著，還有做重訓。」

悶著。我想到吉娜對我的形容：「鬱悶的男孩。」

「我沒有悶著。我也不只是在重訓而已。我有看書，而且我也在想柏納多。」

「是嗎？」

「對。」

「你在想什麼？」

「我在想要不要寫信給他。」

「他把我的信都退回來了。」

「真的嗎？也許他不會退我的信。」

「也許吧。」她說：「值得一試。有何不可？」

「妳後來就不寫了嗎？」

「對，亞里。太痛苦了。」

「很合理。」我說。

「只是不要太失望，好嗎，亞里？不要有太多期待。你爸去看過他一次。」

「發生什麼事？」

「你哥哥拒絕見他。」

「他討厭妳和爸嗎？」

「不，我覺得沒有。我覺得他是在生自己的氣。我覺得他很羞愧。」

「他應該要放下了。」不知道為什麼，我打了牆壁一拳。

我媽瞪視著我。

「對不起。」我說：「我不知道我為什麼要這樣。」

「亞里？」

「怎樣？」

她臉上掛著某種表情，那種嚴肅、關心的表情。她沒有生氣，也沒有她有時候在扮演母親這個角色時會出現的嚴厲表情。「出了什麼事，亞里？」

「妳的說法好像妳又有什麼理論了。」

「你說得沒錯，我有。」她說，但是她的聲音好溫和、親切又甜美。她從廚房桌邊站了起來，為自己倒了一杯紅酒。她拿出兩瓶啤酒，然後把其中一瓶放在我面前，她把另一瓶啤酒放在桌子正中央。「你爸在看書，我想我去把他叫來吧。」

「現在是怎樣，媽？」

「家庭會議。」

「家庭會議？那是什麼？」

「這是個新計畫。」她說：「從現在開始，我們會舉辦非常多的家庭會議。」

「妳嚇到我了，媽。」

「很好。」她走出了廚房。我瞪視著眼前的啤酒。我碰了碰冰涼的玻璃。我不知道我該不該喝，還是只要盯著它看就好。也許這只是個陷阱。我爸媽走進了廚房。他們在我對面坐下。我爸打開了自己的啤酒，然後他也幫我打開酒瓶。他喝了一口酒。

「你們現在要聯手對付我嗎？」

「放輕鬆。」我爸說，他又喝了一口啤酒。我媽啜了一口紅酒。「你不想和你爸媽喝個啤酒嗎？」

「不想耶。」我說：「這樣違反規則了。」

「新規則。」我媽說。

「和你的老爹喝一瓶啤酒不會怎樣的。你又不是沒喝過。有什麼大不了的？」

「這樣真的很奇怪。」我說，從啤酒瓶裡喝了一口。「現在開心了嗎？」

我爸的表情看起來很嚴肅。「我有沒有告訴過你我在越南打過的那些小仗啊？」

「噢，對。」我說：「我正在想你跟我說過的那些戰爭故事呢。」

我爸伸出手來，握住我的手。「這句話是我應得的。」他握緊我的手，然後他放開了我。

「我們當時在北邊，峴港的北邊。」

「峴港是你上戰場的地方嗎？」

「那是我在那裡的家。」他對我歪著嘴一笑。「我們是去執行偵察任務的。一切都十分平靜，過了好幾天。當時是雨季。天啊，我討厭那裡沒完沒了的雨。我們就在一個護衛部隊前面。那個區域已經淨空了，我們是要去確認海岸的安全。然後突然就爆發了。到處都是子彈。手榴彈一直爆炸。我們被埋伏了。這不是第一次。但這次很不一樣。

「四面八方都有人開槍，最好的行動就是撤退。貝克特呼叫直升機來救我們出去。部隊裡有一個孩子，一個很棒的孩子。老天，他好年輕，才十九歲。老天，他才只是個小孩。」我爸搖了搖頭。

「他叫做路易，拉法葉來的印第安人。」淚水從我爸臉上滑落，他喝著啤酒。「我們不該拋下隊友的，那是規則。你不能拋下隊友。你不能把隊友留在那裡等死。」我可以看見我媽的表情，她徹底拒絕哭泣。「我記得自己跑向直升機，路易就在我後面。子彈四處飛舞，我以為我死定了。然後路易倒地，他大叫著我的名字。我想要回去。我不記得確切的經過，但我最後的記憶是貝克特把我拉上直升機。我甚至不知道自己中彈了。我們把他留在那裡了。路易。我們拋下了他。」我看著我爸趴在自己的臂彎中啜泣。男人痛苦的聲音有點像是受傷的動物。我的心都碎了。這麼長時間以來，我一直都想要我爸告訴我戰爭的事，而現在我卻無法忍受看見他赤裸裸的痛楚。在這麼多年後，他的傷痕仍然和新的一樣。那股痛苦就在表面下成長茁壯著。

「我不知道我相不相信戰爭，亞里。我不覺得我相信。我思考了很久，但我還是去參戰了。我也不知道我對這個國家有什麼看法。但我知道，我唯一擁有過的國家，就是那些和我並肩作戰的人們。他們就是我的國家，亞里。是他們。路易、貝克特、賈西亞、艾爾和吉奧——他們是我的國家。我在那場戰爭中的所作所為，我並不全部都很自豪。我並不是一直都是個好士兵。我並不是一直都是個好人。戰爭對我們造成了一些影響。對我、對我們全部的人都是。但那些被我們拋下的人，他們才是出現在我夢裡的人。」

我喝著我的啤酒。我爸喝著啤酒。我媽喝著紅酒。我們沉默了似乎很長一段時間。

「我有時候會聽見他的聲音。」我爸說：「路易，我聽見他叫著我的名字。我沒有回去。」

「你也有可能被殺的。」我低語。

「也許吧。但我沒有完成我的工作。」

「爸，不要這樣。拜託——」我感覺到我媽伸出手，越過桌子，用手指梳著我的頭髮，抹去我的眼淚。「你不需要說這個，爸。真的不需要。」

「也許我需要，也許是時候終結那些夢了。」他靠向我媽。「妳不覺得是時候了嗎，莉莉？」

我媽一句話也沒說。

我爸對我微笑。「幾分鐘前，你媽走進客廳，然後把我讀到一半的書拿走。她說：『跟他說吧。跟他說吧，傑米。』她用她的法西斯口氣這麼說的。」

我媽柔聲笑了起來。

「亞里，是時候該停止逃跑了。」

我看向我爸。「逃離哪裡？」

「你不知道嗎？」

「什麼？」

「如果你一直跑，這最終會逼瘋你的。」

「你在說什麼，爸？」

「你和但丁。」

「我和但丁？」我看向我媽，然後又看向我爸。

「但丁愛著你。」他說：「這點夠明顯了。就這一點，他沒有自欺欺人。」

「我沒辦法阻止他的感覺，爸。」

「不，不，你是不能。」

「再說，爸，我覺得他早就已經放下了。他對那個叫丹尼爾的男生有興趣。」

我爸點點頭。「亞里，問題不只是但丁愛你。真正的問題——至少是對你來說——是你愛上他了。」

我一句話也沒說。我只是一直看著我媽的臉，然後又看向我爸。

我不知道該說什麼。「我不確定，我是說，我不覺得這是真的。我是說，我不這麼想，我是說——」

「亞里，我知道我看到了什麼。你救了他的命。你覺得你為什麼要這麼做？你為什麼在那一個瞬間，連想都沒想，就撲到路上，把但丁從衝來的車子前推開呢？你覺得這件事會自己發聲嗎？我覺得你是無法承受自己有可能會失去他。你就是不能。如果你不愛但丁，你為什麼要為他冒生命危險？」

「因為他是我朋友。」

「那你為什麼要去把一個傷害他的人打到頭破血流？你為什麼要這麼做？你所有的直覺，亞里，一切都在告訴我一件事。你愛那個男孩。」

我只是瞪視著桌面。

「我覺得你愛他的程度，遠超過你能承受的範圍。」

「爸？爸，不。不。我不行。我不行。為什麼你要這麼說？」

「因為我無法忍受你一直活在那樣的孤獨中。因為我愛你，亞里。」我爸媽只是看著我哭，我想也許我會永遠哭個不停。但我沒有。當我停下來時，我喝了一大口啤酒。「爸，我覺得我比較喜歡你不講話的時候。」

我媽笑了起來。我喜歡她的笑聲。然後我爸也笑了。我也跟著笑了。

「我要怎麼辦？我好羞愧。」

「羞愧什麼？」我媽說：「因為你愛但丁嗎？」

「我是個男生，他也是個男生。事情不應該是這樣的。媽——」

「我知道。」她說：「奧菲莉亞教了我一些事，你知道嗎？那些信。我學到了很多事。你爸說得對。你不能逃跑。你不能逃離但丁。」

「我討厭我自己。」

「不要這樣，親愛的。我愛你。我已經失去了一個兒子，我不要再失去另一個。你不孤單，亞里。我知道你有這樣的感覺。但是你不孤單。」

「你們怎麼能這麼愛我？」

「我怎麼能不愛你？你是這世界上最美的男孩。」

「我才不是。」

「你是，**你是**。」

「我要怎麼辦？」

我爸的聲音十分溫柔。「但丁沒有跑。我一直想像著他承受那些攻擊，但他沒有逃走。」

「好。」我說。這是人生中第一次，我完全理解我爸的意思。

他也懂**我**。

第十九章

「但丁？」

「過去五天，我每天都有打電話給你。」

「我得了流感。」

「爛笑話。去你的，亞里。」

「你為什麼要這麼生氣？」

「**你**為什麼要這麼生氣？」

「我已經不生氣了。」

「所以也許換我生氣了。」

「好吧，很公平。丹尼爾好嗎？」

「你真的很賤，亞里。」

「不，丹尼爾才賤。」

「他不喜歡你。」

「我也不喜歡他。所以，他現在是你最好的朋友了嗎？」

「差得遠了。」

「你們兩個有接吻嗎？」

「這跟你有什麼關係？」

「只是問問。」

「我不想要吻他，他什麼都不是。」

「所以發生了什麼事？」

「他是個自我中心、狂妄自大的爛人，而且他也不夠聰明。我媽不喜歡他。」

「山姆對他有什麼看法？」

「我爸不算數。他誰都喜歡。」

這使我笑了起來。

「不要笑。你之前在生什麼氣？」

「我們可以談談。」我說。

「對，你最擅長了。」

「饒了我吧，但丁。」

「好。」

「好，所以你今晚要幹麼？」

「我們的爸媽要去打保齡球。」

「他們喔？」

「他們一直在聊天。」

「是喔？」

「你什麼都不知道嗎？」

「我猜我有時候是有點疏離吧。」

「只是有點嗎？」

「我很努力了，但丁。」

「道歉，我不喜歡那些不懂得要道歉的人。」

「好，對不起。」

「好。」我聽得出他在微笑。「他們想要我們一起去。」

「打保齡球嗎？」

第二十章

但丁坐在前廊上等著。他跳下臺階，爬進卡車裡。「保齡球聽起來超無聊的。」
「你有去過嗎？」
「當然有。我打得不好。」
「你就一定要每件事都做得好嗎？」
「對。」
「夠了吧，也許我們會玩得很開心。」
「你什麼時候這麼想跟爸媽出去玩了？」
「他們還好啦。」我說：「他們不錯。你說得很好。」
「什麼？」
「你說你永遠也不會逃家的，因為你愛死你爸媽了。我那時候覺得你這樣說很怪。我是說，不正常。我是說，我以為父母都是外星人之類的。」
「他們不是，他們只是普通人。」
「對，你知道，我覺得我對我爸媽的看法變了。」

「你是說你現在愛死他們了吧。」

「對，我想是吧。」我發動卡車。「我保齡球也打得很爛。我先跟你說囉。」

「我打賭我們打得比我們的媽媽好啦。」

「我們最好是。」

我們笑著。一直笑、一直笑。

來到保齡球館時，但丁看著我說：「我告訴我爸媽，我這輩子再也不想親另一個男生了。」

「你這樣說喔？」

「對。」

「他們怎麼說？」

「我爸翻了白眼。」

「你媽怎麼說？」

「沒說什麼。她說她認識一個很棒的諮商師。『他可以幫助你慢慢適應。』她說。然後她又說：『除非你想要和我談就好。』」他看著我，我們爆笑出聲。

「你媽。」我說：「我好喜歡她。」

「她有夠強悍。」他說：「但也很溫柔。」

「對。」我說：「我注意到了。」

「我們的爸媽都很奇怪。」他說。

「因為他們很愛我們嗎？這也沒有很奇怪。」

「他們愛我們的方式很奇怪。」

「說得真好。」我說。

但丁看著我。「你不一樣喔。」

「怎樣不一樣？」

「我不知道，你的動作不太一樣。」

「奇怪嗎？」

「對，奇怪。但是好的那種。」

「很好。」我說：「我一直都想要怪得很討喜。」

我想我們的爸媽很意外我們會真的出現。我們的爸爸正在喝啤酒，我們的媽媽則在喝七喜汽水。他們的分數好爛。山姆對我們微笑說：「我沒想到你們會真的出現呢。」

「我們很無聊。」我說。

「你不要這麼自作聰明的時候，我比較喜歡你。」

「對不起。」我說。

很好玩。

我們玩得很開心。

原來我是最會打保齡球的人。

我得分超過一百二十分，而我在第三局裡得了一百三十五分。

仔細想想，其實分數滿爛的，但整團的其他人都打得更糟——尤其是我媽和昆塔納太太。

她們只是一直聊天，然後一直笑。

但丁和我一直看著對方，笑個不停。

第二十一章

但丁和我離開保齡球館後，我把卡車開進沙漠裡。

「我們要去哪裡？」

「我最喜歡的地方。」

但丁安靜了下來。「現在很晚了。」

「你累了嗎？」

「有一點。」

「現在才十點，你很早起嗎？」

「混蛋。」

「除非你想要回家就好。」

「不要。」

「好。」

但丁沒有放音樂。他摸索著我放滿錄音帶的卡匣，但什麼都無法決定。我不介意沉默。

我們只是開進沙漠裡，只有我和但丁。我們什麼也沒說。

我把車停在我的老地方。

「我愛死這裡了。」我說。我可以聽見自己的心跳聲。

但丁一句話也沒說。

我碰了碰他送給我的小網球鞋，就掛在後照鏡上。「我也好愛這個小東西。」我說。

「你愛的東西很多，對吧？」

「你聽起來很生氣，我以為你已經不生氣了。」

「我覺得我**是**很生氣。」

「對不起。我說了對不起。」

「我不能這樣下去，亞里。」他說。

「怎樣？」

「這種當朋友的方式，我沒辦法。」

「為什麼？」

「我非得要解釋給你聽嗎？」

我一句話也沒說。

他爬下卡車，重重甩上門。我跟著他下車。「嘿。」我說。我碰了碰他的肩膀。

他把我推開。「我不喜歡你碰我。」

我們在那裡站了很久。我們兩人都沒有說話。我覺得自己渺小、沒有價值、又不夠格。我討厭這種感覺。我要阻止自己這種感覺。**我要停止了**。「但丁？」

「怎樣？」我可以聽見他聲音裡的怒火。

「不要生氣。」

「我不知道要怎麼辦，亞里。」

「記得你吻我的那次嗎？」

「記得。」

「記得我說那對我沒用嗎？」

「你為什麼要提這件事？我記得。我記得啊。該死，亞里，你覺得我忘得了嗎？」

「我從來沒看過你這麼生氣。」

「我不想跟你說這件事，亞里。這只會讓我覺得很不舒服。」

「你吻我的時候，我是怎麼說的？」

「你說那對你沒有用。」

「我說謊了。」

他看著我。

「不要玩弄我，亞里。」

「我沒有。」

我抓住他的肩膀。我看著他，他也看著我。「你說我什麼都不怕。這不是真的。我最怕的是你。我最怕你，但丁。」我深吸一口氣。「再試一次。」我說：「吻我。」

「不要。」他說。

「吻我。」

「不要。」然後他微笑。「**你來吻我**。」

我把手放在他的後頸，我把他拉向我，然後吻他。我吻了他。一次。一次。又一次。而他一直回吻我。

我們大笑著，說著話，抬眼看著星星。

「真希望現在下雨。」他說。

「我不需要雨。」我說：「我只需要你。」

他在我的背上寫著他的名字。我在他的背上寫著我的名字。

這麼久了。

這就是我不對勁的地方。這段時間以來，我一直試著要解開宇宙中所有的謎團、我身體的祕密、我心裡的祕密。所有的答案一直都離我這麼近，但我卻沒有意識地一直抵抗著。從我見到但丁的第一刻，我就愛上他了。我只是不讓自己知道、不讓自己去想、不讓自己去感覺。我爸爸說得對。我媽說的也是事實。我們都在打自己的祕密戰爭。

但丁和我躺在卡車的車床上，看著夏季的星星。我覺得自己自由了。想像一下。亞里斯多德・曼杜沙，恢復自由之身了。我再也不害怕。我想著當我告訴媽媽我覺得羞愧時，她臉上的表情。我想著她看我時，那抹充滿愛與熱情的表情。「羞愧什麼？因為你愛但丁嗎？」

我牽起但丁的手。

我怎麼會因為愛但丁・昆塔納而羞愧呢？

潮流文學

那些與初戀有關的祕密

（原名：Aristotle and Dante Discover the Secrets of the Universe）

著　　者／班傑明・艾里雷・薩恩斯（Benjamin Alire Sáenz）
執 行 長／陳君平　譯　　者／曾倚華　企劃宣傳／洪國瑋
榮譽發行人／黃鎮隆　美術總監／沙雲佩　國際版權／黃令歡、梁名儀
協　　理／洪琇菁　美術編輯／李政儀　文字校對／施亞蒨
總 編 輯／呂尚燁　主　　編／劉銘廷　內文排版／謝青秀

出　　版／城邦文化事業股份有限公司 尖端出版
台北市中山區民生東路二段一四一號十樓
電話：（〇二）二五〇〇－七六〇〇
傳真：（〇二）二五〇〇－二六八三
E-mail：7novels@mail2.spp.com.tw

發　　行／英屬蓋曼群島商家庭傳媒股份有限公司城邦分公司　尖端出版
台北市中山區民生東路二段一四一號十樓
電話：（〇二）二五〇〇－七六〇〇（代表號）
傳真：（〇二）二五〇〇－一九七九

中彰投以北經銷／楨彥有限公司（含宜花東）
電話：（〇二）八九一九－三三六九
傳真：（〇二）八九一四－五五二四

雲嘉以南／智豐圖書有限公司
（嘉義公司）電話：（〇五）二三三－三八五二
傳真：（〇五）二三三－三八六三
（高雄公司）電話：（〇七）三七三－〇〇七九
傳真：（〇七）三七三－〇〇八七

香港經銷／城邦（香港）出版集團有限公司
香港灣仔駱克道一九三號東超商業中心一樓
電話：（八五二）二五〇八－六二三一
傳真：（八五二）二五七八－九三三七
E-mail：hkcite@biznetvigator.com

新馬經銷／城邦（馬新）出版集團 Cite（M）Sdn. Bhd.
E-mail：cite@cite.com.my

法律顧問／王子文律師　元禾法律事務所
台北市羅斯福路三段三十七號十五樓

二〇二二年十一月一版一刷

■中文版■

郵購注意事項：
1.填妥劃撥單資料：帳號：50003021戶名：英屬蓋曼群島商家庭傳媒(股)公司城邦分公司。2.通信欄內註明訂購書名與冊數。3.劃撥金額低於500元，請加附掛號郵資50元。如劃撥日起 10～14日，仍未收到書時，請洽劃撥組。劃撥專線TEL：(03)312-4212 ・ FAX：(03)322-4621。E-mail：marketing@spp.com.tw

國家圖書館出版品預行編目資料

那些與初戀有關的祕密 / 班傑明・艾里雷・薩恩斯（Benjamin Alire Sáenz）作；曾倚華譯 . -- 1 版 . -- 臺北市：城邦文化事業股份有限公司尖端出版：英屬蓋曼群島商家庭傳媒股份有限公司城邦分公司發行，2022.11

面；　公分

譯自：**Aristotle and Dante Discover the Secrets of the Universe**

ISBN 978-626-338-376-0（平裝）

874.57　　　　111011940